A marca FSC® é a garantia de que a madeira utilizada na fabricação do papel deste livro provém de florestas que foram gerenciadas de maneira ambientalmente correta, socialmente justa e economicamente viável, além de outras fontes de origem controlada.

suor

COLEÇÃO JORGE AMADO

Conselho editorial
Alberto da Costa e Silva
Lilia Moritz Schwarcz

Coordenação editorial
Thyago Nogueira

O país do Carnaval, 1931
Cacau, 1933
Suor, 1934
Jubiabá, 1935
Mar morto, 1936
Capitães da Areia, 1937
ABC de Castro Alves, 1941
O cavaleiro da esperança, 1942
Terras do sem-fim, 1943
São Jorge dos Ilhéus, 1944
Bahia de Todos-os-Santos, 1945
Seara vermelha, 1946
O amor do soldado, 1947
Os subterrâneos da liberdade
    Os ásperos tempos, 1954
    Agonia da noite, 1954
    A luz no túnel, 1954
Gabriela, cravo e canela, 1958
De como o mulato Porciúncula descarregou seu defunto, 1959
Os velhos marinheiros ou O capitão-de-longo-curso, 1961
A morte e a morte de Quincas Berro Dágua, 1961
Os pastores da noite, 1964
O compadre de Ogum, 1964
As mortes e o triunfo de Rosalinda, 1965
Dona Flor e seus dois maridos, 1966
Tenda dos Milagres, 1969
Tereza Batista cansada de guerra, 1972
O gato malhado e a andorinha Sinhá, 1976
Tieta do Agreste, 1977
Farda, fardão, camisola de dormir, 1979
O milagre dos pássaros, 1979
O menino grapiúna, 1981
A bola e o goleiro, 1984
Tocaia Grande, 1984
O sumiço da santa, 1988
Navegação de cabotagem, 1992
A descoberta da América pelos turcos, 1992
Hora da Guerra, 2008

suor

JORGE AMADO

Posfácio de Luiz Gustavo Freitas Rossi

3ª *reimpressão*

Copyright © 2011 by Grapiúna Produções Artísticas Ltda.

1ª edição, Ariel Editora, Rio de Janeiro, 1934

Grafia atualizada segundo o Acordo Ortográfico da Língua
Portuguesa de 1990, que entrou em vigor no Brasil em 2009.

Consultoria da coleção Ilana Seltzer Goldstein

Projeto gráfico Kiko Farkas e Mateus Valadares/ Máquina Estúdio

Pesquisa iconográfica do encarte Bete Capinan

Imagens de capa © Pierre Verger/ Fundação Pierre Verger (capa); © Luiza Chiodi/
Companhia Fabril Mascarenhas (chita); © Fundação Casa de Jorge Amado (orelha).
Todos os esforços foram feitos para determinar a origem das imagens deste livro. Nem
sempre isso foi possível. Teremos prazer em creditar as fontes, caso se manifestem.

Cronologia Ilana Seltzer Goldstein e Carla Delgado de Souza

Preparação Cecília Ramos

Assistência editorial Cristina Yamazaki

Revisão Marise Leal e Huendel Viana

Texto estabelecido a partir dos originais revistos pelo autor. Os personagens
e as situações desta obra são reais apenas no universo da ficção; não se referem
a pessoas e fatos concretos, e não emitem opinião sobre eles.

Dados Internacionais de Catalogação na Publicação (CIP)
(Câmara Brasileira do Livro, SP, Brasil)

Amado, Jorge, 1912-2001.
   Suor / Jorge Amado ; posfácio de Luiz Gustavo Freitas Rossi.
— São Paulo : Companhia das Letras, 2011.

ISBN 978-85-359-1792-5

1. Ficção brasileira I. Rossi, Luiz Gustavo Freitas. II. Título.

10-13578   CDD-869.93

Índice para catálogo sistemático:
1. Ficção : Literatura brasileira   869.93

Diagramação Estúdio O.L.M.
Papel Pólen Natural, Suzano S.A.
Impressão e acabamento Lis Gráfica

[2023]
Todos os direitos desta edição reservados à
EDITORA SCHWARCZ S.A.
Rua Bandeira Paulista, 702, cj. 32
04532-002 — São Paulo — SP
Telefone: (11) 3707 3500
www.companhiadasletras.com.br
www.blogdacompanhia.com.br
facebook.com/companhiadasletras
instagram.com/companhiadasletras
twitter.com/cialetras

Para
Mamãe
e
Matilde

A
Alberto Passos Guimarães,
Carlos Echenique Júnior,
Clóvis Amorim,
Dias da Costa,
Edison Carneiro
e Santa Rosa.

OS RATOS

1

OS RATOS PASSARAM, SEM NENHUM SI-
NAL DE MEDO, entre os homens que estavam parados ao pé da
escada escura. Era escura assim de dia e de noite e subia pelo prédio como um cipó que crescesse no interior do tronco de uma
árvore. Havia um cheiro de quarto de defunto, um cheiro de roupa suja, que os homens não sentiam. Também não ligavam aos
ratos que subiam e desciam, apostando carreira, desaparecendo
na escuridão.

Vermelho e pequenino, um dos homens limpava com a manga
da camisa o suor do rosto, que o outro, preto e agigantado, deixava que brilhasse na testa de carvão. O terceiro, cujos dentes sa-
lientes davam-lhe um aspecto de cão selvagem, trazia a camisa
pregada ao corpo e mastigava um cigarro apagado.

Tinham vindo da Cidade Baixa e, depois de subir a ladeira do
Tabuão, tinham vencido a ladeira do Pelourinho e ali estavam,
parados, diante da escada imensa.

— Essa escada bota qualquer um tuberculoso — falou o
Vermelho.

O preto assobiou, sorrindo. O dos dentes de fora foi quem
respondeu:

— Quer ir de elevador, Chico?

— Era bem melhor.

O preto olhou assombrado:

— Aquele rato é tão gordo que nem pode correr...

— Não sei onde é que eles arranjam comida para engordar...

Chico passou a mão pela testa mais uma vez, resmungou qualquer coisa em voz baixa e pisou no primeiro degrau. Os outros o
acompanharam. Augusto jogou no chão o cigarro inútil. E começaram a subida, com a cabeça para a frente, encurvados.

O rato gordo espiava cá debaixo.

Do terceiro andar descia uma moça de vestido azul. Encostou-se no corrimão para que eles passassem. E desceu como uma sombra entre a escuridão e os ratos.

E então, de repente, os homens sentiram o cheiro de defunto e acharam os ratos repelentes.

2

VISTO DA RUA O PRÉDIO NÃO PARECIA TÃO GRANDE. Ninguém daria nada por ele. É verdade que se viam as filas de janelas até o quarto andar. Talvez fosse a tinta desbotada que tirasse a impressão de enormidade. Parecia um velho sobrado como os outros, apertado na ladeira do Pelourinho, colonial, ostentando azulejos raros. Porém era imenso. Quatro andares, um sótão, um cortiço nos fundos, a venda do Fernandes na frente, e atrás do cortiço uma padaria árabe clandestina, cento e dezesseis quartos, mais de seiscentas pessoas. Um mundo. Um mundo fétido, sem higiene e sem moral, com ratos, palavrões e gente. Operários, soldados, árabes de fala arrevesada, mascates, ladrões, prostitutas, costureiras, carregadores, gente de todas as cores, de todos os lugares, com todos os trajes, enchiam o sobrado. Bebiam cachaça na venda do Fernandes e cuspiam na escada, onde, por vezes, mijavam. Os únicos inquilinos gratuitos eram os ratos. Uma preta velha vendia acarajé e munguzá na porta.

Do quarto andar desciam às vezes sons de violão e árabes trocavam língua no silêncio dos quartos sem eletricidade.

Mulheres do terceiro andar discutiam com mulheres do segundo e ouviam-se palavras cabeludas.

De manhã, os homens saíam quase todos. O vozerio das mulheres aumentava. Lavavam roupa. Ruídos de máquinas de costura. A tosse de uma tuberculosa no sótão. Os homens voltavam à tarde, cansados. A escada os devorava um a um.

SÓTÃO

1

— QUE CALOR!

O sol não aparecia no sótão. As aberturas nas paredes não o deixavam entrar. Porém o calor denunciava a sua presença. Num canto do quarto, sobre um fogareiro a carvão, fervia uma panela de barro. Vinham vozes do quarto vizinho.

Dona Risoleta suspendeu os olhos da costura e tirou os óculos amarrados com um barbante cor-de-rosa. Olhou o vestido quase pronto e suspirou. Quis dizer qualquer coisa, não achou a palavra precisa e ficou com a mão suspensa, os óculos balançando.

Linda veio em seu socorro:

— Agora ela não pode mais reclamar, dindinha.

— Reclama sempre. Nunca está bem-feito. Que jeito?

Linda olhou o fogareiro, esticou a cabeça e aspirou. Não vinha nenhum cheiro. Baixou os olhos, triste.

— Dindinha, já reparou como esse feijão tem gosto de amarelo?

— De amarelo, menina? É mesmo...

Bateram na porta. Pancadas íntimas de quem não espera consentimento para entrar. E Julieta entrou de combinação.

— Estou assim por causa do calor.

Sentou-se na cama, as coxas abertas, escandalosas. Espiou o fogareiro, pegou no vestido.

— Que cheiro de chulé, hein, Linda?

Como a resposta não veio, continuou:

— Também nessa bilosca mora gente de toda laia... Já reparou na vizinha dos fundos, dona Risoleta? Caga em papel de jornal pra não esperar que a latrina se esvazie. Juro que não limpa a bunda. E nunca desceu pra tomar banho...

— É uma mulher muito trabalhadora.

— Pudera! Pra dar comida ao malandro do filho... Um homem daqueles, de dezenove anos, gordo como um burro, que não faz nada... Passa o dia todo socado com as raparigas do Tabuão ou então matando o bicho. Só vem em casa comer e buscar dinheiro. Que calorão, puxa!

Pegou na combinação e sacudia-a para ventilar as coxas.

— E esse vestido, hein, dona Risoleta? A senhora devia era mandar aquela espanhola pras profundas... Feia como uma jararaca e querendo vestido de mocinha. Garanto que quer botar os chifres em seu Léon... Quanto ela paga?

— Trinta mil-réis por dois. É o mês do quarto.

Julieta percorreu o quarto com os olhos.

— Bonito quarto! E esse cheiro de chulé... — assobiou. — Trinta mil-réis. Eu, no dia que arranjar um cara rico, vou com ele... Quero é comida, casa boa e boa boia.

O calor vinha aumentando. Quase meio-dia. Dona Risoleta baixou os óculos sobre a costura. Linda bebeu água e passou uma toalha na testa molhada. Por cima da cama um quadro de primeira comunhão.

— Ando de olho num espanhol cheio do dólar... É ele querer, eu me amigo.

Linda aconselhou:

— Pra que isso, Julieta? Você pode casar...

— Casar? Pra passar fome, sinhá tola? Já estou cansada. Se eu comer a vida toda não me pago dos jejuns que tenho passado. Só você é que pensa em casar. Espera um moço rico, de automóvel, não é?

Linda não respondeu.

— Não se zangue não. Não digo isso por mal. Você lê romances e fica pensando besteiras. Bem que você merece um bom casamento, isso merece. Mas é tão difícil... Em todo caso... Eu é que não espero, ouviu? Por casa e comida melhor dou os três, que me importa!

Na igreja de São Francisco bateu meio-dia.

— Vamos almoçar?

— Obrigada, minha filha. Vou para o meu quarto.

Dona Risoleta tirou a panela do fogareiro. O calor abafava.

Da porta, Julieta voltou-se:

— Cheiro de chulé está aqui fora!

Um homem saía da latrina abotoando a braguilha. Sorriu para Julieta.

2

COMEÇARAM A MASTIGAR O FEIJÃO DURO E OS PEDAÇOS DE CARNE-SECA.

— Isso rebenta os dentes...

Com a faca de cabo quebrado Linda puxou um carrapato de dentro do feijão. Olhou o prato com nojo.

3

TIROU O VESTIDO, NAMOROU O QUADRO DA PRIMEIRA COMUNHÃO e abriu o *Moço louro*, de Macedo. O mormaço pesava como chumbo. Foi-se embalando na leitura. Deixou o livro e ficou olhando para o lençol, pensando coisas. O percevejo subia pela sua coxa alva e bonita. Calcou a unha e o sangue preto fez uma pequena mancha na perna. Linda, porém, viu a mancha enorme e começou a chorar baixinho bem apertada ao travesseiro. Lembrou-se de Julieta.

Agora dona Risoleta pedalava na máquina de costura. A tuberculosa tossia lá dentro. Alguém abria a porta da latrina.

Ouviu-se a voz de Julieta:

— Fecha essa porta. Olha o cheiro de mijo...

O sol estalava nas telhas.

4

O MORMAÇO DOÍA COMO SOCOS DE MÃOS OSSUDAS. INVADIA o sótão e as pessoas. Linda se estirou na cama, abrindo as pernas. Uma vontade mole de coisas desconhecidas tomava conta dela. Se embalava no monótono ruído da máquina de costura, que andava sob os pés incansáveis de dona Risoleta. Abandonou o livro inútil e fitou a madrinha. Achou-a estranha, muito magra. Só agora notava como ela estava magra, ressequida, pequenina. Rostinho chocho, os olhos cansados quase fechados debaixo dos óculos. Parecia feita de nervos, mas de nervos inúteis, incapazes já de qualquer movimento. Com a cabeça caída sobre a máquina, deixava ver os cabelos brancos que começavam a dominar os pretos como um partido político fraco que aos poucos vai adquirindo adeptos. Uma gota de suor escorreu pelo seu nariz e fê-la estremecer. Moscas voavam agora no quarto, pousando de minuto em minuto para logo levantar voo. O sol, como um deus, estava invisível e presente. Dona Risoleta pedalava sempre, incansavelmente, acompanhada pelo olhar triste de Linda, que foi se esmorecendo aos poucos até dormir com um rapaz rico que a via passar, se apaixonava por ela, casavam-se num dia maravilhoso de sol brando e branda aragem, fila de automóveis, ela de véu e grinalda, vestido que a madrinha fizera, a madrinha de vestido azul de seda, moravam depois, felizes, os três, numa casinha cheia de móveis e bibelôs, como os do palacete do dr. Valadares.

O que acabou com a marcha nupcial foi a tuberculosa que tossiu demoradamente, bulindo com os nervos gastos de dona Risoleta, que, de tanto nervoso, parou de pedalar a máquina. Quando voltou à costura, não era mais a marcha nupcial, era um fox ouvido pelo rádio na sala de jantar em noite de chuva.

O calor fazia a respiração difícil e encharcava a testa de Linda.

5

O GATO FICAVA ESPIANDO JUNTO DA PORTA. SE O MORMAÇO estava muito forte, descia as escadas sem se importar com os ratos que fugiam. Deitava-se então na relva do quintal perto das lavadeiras. Rolava na grama, brincava com bolas de papel e levava pontapés das mulheres de quem sujava a roupa estendida no quaradouro. Quando o sol vinha descendo e as luzes apareciam, voltava para o sótão, entrava no quarto pelo buraco da porta e esperava, atento aos passos.

Quando Severino chegava, metia as unhas nas suas calças e roçava nas suas pernas. O sapateiro jogava a brochura em cima da cama estreita e tomava-o nos braços.

— Zug!

Atirava-o para cima. Zug miava de contentamento. Jogava-o em cima da cama e coçava-lhe a barriga. Ele se enrolava todo, raspando as mãos calosas do homem com as suas unhas finas. Rolavam, o gato abraçado nas mãos do homem, mordendo e arranhando.

— Zug, negro, vamos comer.

O pelo preto de Zug se arrepiava e a cauda engrossava.

Severino abria um pequeno embrulho:

— Trouxe presunto, Zug.

O gato pulava, rodava em torno do dono, miava, até abocanhar o pedaço de presunto.

Depois da refeição, Severino acendia a vela e abria a brochura. Era um folheto de propaganda anarquista. Lia até que a luz da vela começava a murchar e o toco terminava.

Então pegava o gato e levava-o ao pequeno buraco que servia de janela. Olhava a cidade colonial.

— Zug, é preciso destruir tudo isso. Tudo está errado.

Zug lambia o nariz.

— Você é um burguês indecente, Zug.

Tinha uns grandes olhos meigos de criança, e uma voz pausada, muito calma, com sotaque espanhol. Muitos cabelos brancos, apesar dos quarenta anos. Alto e angulado, com uma bela e forte cabeça, onde uma veia cortava a testa com um talho azul em alto-relevo.

— Os padres... os ricos... todos... Destruir...

Tirava a camisa manchada de graxa preta e a calça velha de casimira com remendos nos joelhos. Acomodava Zug nos pés da cama e deitava-se. Do resto da vela desprendia-se um cheiro nauseante.

6

A LATINHA DE BRILHANTINA CUSTAVA QUINHENTOS RÉIS nas lojas da Baixa dos Sapateiros. Ele preferia não tomar a média com pão no Bar Elegante a deixar de comprar brilhantina. Meteu o dedo e tirou um pouco que passou no cabelo negro e fino. Ficou brilhante, depois de alisado com o pente. Reluzia. Olhou-se vaidoso no espelho pequeno pendurado embaixo do retrato de sua mãe. Andou de um lado para outro, fitando ora o violino, ora o espelho. Como que o cheiro barato da brilhantina lavava a sujeira do quarto. Os olhos da velha, no retrato, pareciam seguir os seus gestos.

— Carlos França e Reis... Grande concerto... O grande violinista brasileiro tocará hoje em Paris... As entradas há uma semana estão vendidas...

Os olhos do retrato sorriam orgulhosos. Passou adiante.

— O concerto de Carlos França e Reis consagrou-o definitivamente. O que Paris tem de mais chique se encontrava a ouvir o mágico do violino que veio da América do Sul para assombrar a Europa...

Como um aluno de geografia e de glória foi viajando. Paris... Berlim... Viena e as valsas... Aclamações. Roma. A multidão a esperá-lo na estação... Atenas. Moças que pedem autógrafos. Salta as pequenas republiquetas e chega ao Rio. Lá vai ele junto ao presidente da República que veio recebê-lo, a ele, glória do país. Flores. Filas de moças. Concerto no Municipal, de casaca e discursos. Convites insistentes para ir a Buenos Aires.

Carlos vê lágrimas nos olhos do retrato, mas elas estão nos seus próprios olhos. Um relógio longe bate seis horas. Levanta-se. Pega no violino, no caderno de sambas, e vai para o café Madrid, onde faz parte do jazz.

A sombra debruçou-se sobre o retrato e a lata de brilhantina.

7

NAIR ENTROU ELEGANTÍSSIMA. AROMAS FINOS ENTUPIRAM o quarto. Jogou a bolsa em cima da cama. Julieta correu a abri-la.

— Só cinquenta mil-réis?

— Aquilo é um casquinha!

— E com tanta farofa...

— Eu bem que disse. Não valia a pena. Há dois meses que ele me chateia.

— Não disse que ia lhe dar um colar?

— Um colar, umas pulseiras de ouro, não sei mais o quê. Eu tirando o corpo fora. Hoje fui. Você sabe que depois que o coronel Miguel viajou as coisas andam ruins. Pois o miserável me levou pra casa da Antônia.

— Castelo desmoralizado...

— Pedi bebida. Mandou buscar uma cerveja. E depois me deu cinquenta mil-réis.

Arremedou com raiva:

— "De outra vez dou mais... Hoje não trouxe dinheiro." A outra vez uma merda!

— Que idiota!

— E sujo, minha irmã. Uma cueca porca... Um monturo de homem!

Ia se lavando na bacia de rosto...

— Aqui andam desconfiados...

— E que me importa? Eu ganho minha vida. Que vão à merda! Deixei o emprego porque não quis ir para a cama com o patrão. Não arranjei outro. Havia de deixar você e Júlia morrerem de fome? Dou o que é meu... Ficam danados porque eu tenho dois vestidos elegantes, uso pó de arroz e perfume. E elas não vivem se esfregando aí pela escada? Umas putas, todas elas!

— É mesmo. Tirando dona Risoleta e Linda, o resto não vale um peido...

— E essa Linda acaba mal. Uma preguiçosa de marca. Não ajuda a pobre da solteirona. Um dia, você vai ver...

— Fala baixo!

— Enfim, eu não tenho nada com isso. — Botava pó de arroz. — Me dá o meu jantar, Julieta.

— Para onde você vai?

— Vou a uma farra com o Oscar e uns amigos dele em Amaralina.

— Quem me dera ir!

— Cala a boca, maldita! Quer se perder também?

— Ué! Você tá me criando pra casar como dona Risoleta faz com Linda? Adeus, meu bem!

— Pelo menos pela Júlia, pequena. Depois que ela se casar, você pode fazer o que quiser. Mas se você se perder agora pode estragar o futuro da menina...

— É... mas os presentes do noivo ela nem mostra à gente... Boa bisca ela é.

Nair suspendeu a xícara:

— Onde ela está?

— Saiu com o noivo. Foi fazer compras pro enxoval. Eu vou na latrina.

— Assim de combinação?

— O que é que tem?

Nair largou a xícara e gritou para o quarto vizinho:

— Dona Risoleta, ô, dona Risoleta!

— O que é, dona Nair?

— A senhora pode me emprestar uma agulha e um pedaço de linha?

— Pois não.

— É um instantinho só. Para pregar uma alça que soltou...

8

HAVIA UMA SALA COMUM ONDE FICAVA A PIA EM QUE lavavam o rosto. Num canto, a latrina cheia de pedaços de jornal e de água amarelada que corria pela sala.

Vera abriu a torneira e, fazendo uma concha com as mãos, começou a beber.

— A água está morna...

Cumprimentou dona Risoleta.

— Boa tarde.

— Boa tarde, Vera. Como vai sua irmã?

— No mesmo, dona Risoleta. Com tosse e escarrando...

— O médico o que é que diz?

Vera abaixou o rosto envergonhada.

— Há um mês que eu não posso chamar o médico... sem dinheiro...

Dona Risoleta abriu a boca e ficou sem dizer nada. Não achava palavra.

— E farmácia... tudo caro... Só Deus sabe...

— Se eu pudesse, minha filha... Mas as coisas estão tão ruins...

— Muito obrigada, dona Risoleta. Eu sei que a senhora...

Enxugou os olhos no vestido. Saiu quase correndo para o quarto, mas todos ouviram os soluços, porque o sótão era pequeno, de quartos estreitos, sem janelas, sem eletricidade.

GRINGOS

1

DEU UM JEITO NO CORPO E A MALA DE BUGIGANGAS CAIU em cima da cama. Antes pendia dos seus ombros, onde duas correias de um couro avermelhado deixavam marcas que a princípio foram sangrentas. Hoje não. Há vinte anos levava aquela vida e se admirava quando ouvia elogiar homens que sabiam cinco línguas, porque ele falava oito, desde o hebraico das orações a Jeová até o chinês das tabernas de Xangai.

Bugigangas assim ele as vendera na Polônia há muitos anos. Fora preso como revolucionário na Rússia de antes da grande revolução. Varara a Alemanha de lado a lado, agitara operários franceses durante a grande guerra. Vira o Japão florir e a China envelhecer, carregando sempre o seu baú cheio de pequenas coisas que faziam a alegria das senhoras e das crianças, e de folhetos que incitavam greves operárias.

Vira a Norte América também com seus patrícios sofredores e com os seus patrícios milionários. Vendeu xarapis mexicanos no Rio de Janeiro. Pensou, no Novo Mundo, em abandonar a sua mala cansada e parar a caminhada. Arrumou os últimos folhetos num canto e fundou um pequeno negócio de bolsas. Mas novos folhetos lhe levaram os lucros e ele, falido e perseguido, tomou novamente a sua mala às costas e, na terceira classe de um navio do Lloyd, chegara há um mês à Bahia, com sessenta anos, outras tantas prisões, um carregamento de sombrinhas baratas, sedas falsificadas, bonecas e automóveis minúsculos, letras da *Internacional* e manifestos revolucionários.

E lá estava no quarto andar do 68 na ladeira do Pelourinho, naquele mundo de homens de pátrias diferentes e distantes, onde só ele entendia a todos, porque só ele não tinha pátria, nem leis, nem deus. Tinha, sim, um grande amor pelas criancinhas miseráveis do prédio e seu rosto miúdo, pequenino para o nariz enorme, se entristecia quando elas fugiam mal o enxergavam na escada, gritando que "lá vem o judeu"... E riu-se (os moradores acharam o riso cínico) no dia em que Cipriano, um pretinho sujo de olhos inteligentes, alarmou a frase ensinada pela mãe:

— Seu Isaac vendeu Nosso Senhor...

Seu Isaac comprou a amizade de Cipriano por um revólver de chocolate e agora conversavam no quarto do judeu, onde tudo era provisório, desde o inquilino até o cheiro de alho.

2

MAL ELE PISARA OS PRIMEIROS DEGRAUS DA ESCADA E JÁ SE OUVIA o ruído dos tamancos, acordando gente, fazendo um barulho dos diabos.

Vestia uma calça de casimira puída nos joelhos, com um remendo nas nádegas, e camisa de bulgariana, de quadrinhos, com a fralda fora das calças. A frente desabotoada deixava aparecer o peito cabeludo, como as mangas suspensas até o cotovelo deixavam ver os braços sebentos.

Teria dezenove anos no máximo, pois a barba mal apontava sob o queixo largo. Cabelo jogado no rosto, inimigo de pentes e de barbeiros, cobrindo-lhe as orelhas. Entre os dedos de unhas sujas, um cigarro.

Toufik vinha olhando o chão, o pensamento longe, na ladeira do Tabuão, no quarto de Anita.

Os tamancos batiam com força no soalho do sótão, acordando Julieta.

— Deixa a gente dormir!

— Quer dormir comigo?

— Vá dormir com a mãe!

Toufik andou até o quarto dos fundos, onde morava com a mãe. Empurrou a porta que apenas estava encostada e espiou no escuro. Aos poucos foi distinguindo as coisas. A mãe dormia na cama estreita de solteiro. Um monte de roupa suja se elevava num canto. O fogareiro apagado dormia também. Entrou e começou a despir-se assobiando. Quando ficou nu, sentiu o calor e o mau cheiro. Aproximou o nariz do sovaco e riu largamente.

Puxou a velha:

— Pula fora!

Ela não acordou. Ele a empurrou com violência.

Ela limpou os olhos com as costas da mão e escutou. Depois, sem um protesto, levantou-se. Estendeu-se em cima da roupa suja. Ficou olhando o filho que assobiava.

— O que é que você quer, velha?

— Você bebeu de novo?

— Que tem você com isso, diabo?

Ela resmungou coisas imperceptíveis em árabe. Ele gritou:

— Ou você cala essa boca ou eu lhe arrebento os dentes!

— Eu sou sua mãe.

A tuberculosa tossiu.

Alguém reclamou:

— Olhem que tem gente doente.

— Vá reclamar ao bispo!

Virou-se para a velha que chorava, enquanto chamava sobre o filho a cólera de Alá e de Maomé.

— E você, minha burra, pare com isso. Senão entra nas porradas.

A velha se encolheu em cima da roupa suja. No silêncio do quarto, depois, os roncos de Toufik e o murmúrio da velha:

— Mau filho! Miserável!

Mas, como caísse um aguaceiro e, devido às telhas serem velhas, as goteiras fossem incontáveis, a velha levantou e procurou entre a roupa suja a colcha melhor. Lavava para casas ricas e às vezes apareciam cobertas lindas. Veio com ela e, procurando não fazer ruído, cobriu o filho. Toufik, porém, acordou e puxou-a para junto de si. Beijou-lhe os cabelos.

— Deite aqui, velha.

— Não. Não dá pra dois.

— Dá, sim. Deite.

E ficaram noite adentro a pedirem-se perdão, entre beijos. Afinal adormeceram entrelaçados e pela porta aberta via-se o corpo nu de Toufik, onde a Anita deixara as marcas de seus dentes afiados de prostituta amorosa.

3

AQUELE ERA O DIA DE SEU ANIVERSÁRIO, 17 DE DEZEMBRO. Quantos anos? Ninguém sabia, exceto talvez aquela velhinha que ficara numa aldeia da Polônia. Nem ela se recordava mais. Não devia ser muito moça, não. Os cabelos gastavam muita negrita para ficarem pretos. Pegou nos seios flácidos, que se reduziam a duas peles. As pernas moles e cheias de varizes. Um quadro de Nossa Senhora na parede e um irrigador. Postais em cima de uma mesinha. O noivo ficara na aldeia. Era um belo rapagão que vivia no campo e a beijava nas festas. Quando o cáften a trouxe (há quantos anos? — talvez trinta...), conheceu a bordo o milionário argentino. Não soube também quanto ele pagara pela sua virgindade. Fizera completa peregrinação pelos prostíbulos da América Latina. Era viajada e conhecia toda a profissão. Lembrou os tempos de glória. Sua carreira, em moeda nacional, fora quinhentos mil-réis em Buenos Aires. Depois trezentos. Em Santiago voltou aos quinhentos mil-réis. Cantava canções brejeiras nos cabarés. Possuía uma voz masculina e uns olhos claros de camponesa. Cuba, cem mil-réis e milionários americanos. Cem mil-réis no Rio de Janeiro e pensões chiques. Cinco anos depois, sifilítica e embriagada, amava marinheiros no mangue por cinco mil-réis e louros alemães lembravam sua terra longínqua.

Na Bahia, começara a vinte mil-réis e estava agora novamente a cinco, escondida no prédio cosmopolita. Às dez horas da noite saía à rua para a caça ao homem que lhe pagaria o almoço do dia seguinte. Somente à noite, quando se preparava para sair, é que se lembrou da data. 17 de dezembro, seu aniversário. Na aldeia (por que se lembraria da aldeia?) havia festa. Dançavam em sua casa.

As amigas levavam-lhe presentes e o noivo levava-lhe beijos. Ela cantava com sua voz masculina.

Deixou-se cair na cama e foi revendo aquelas cenas, os olhos distantes. Sua mãe sorria feliz. Os dois irmãos namoravam. Como tudo era bom e calmo!

Começou a cantar em voz morta uma canção esquecida. Mas lembrou-se do dia seguinte. Vestiu-se com grande gasto de pó de arroz ordinário. E saiu.

Voltou uma hora depois, acompanhada de um preto velho, de colarinho alto e anel no dedo, muito conversador:

— Qual é a sua nacionalidade?

— Francesa — mentiu.

— Não tem doença?

— Oh, *chéri*! Que ideia!

— Sim… Eu sou professor e, no meu cargo…

— Não tenha medo, *chéri*…

Apagou a lâmpada.

Quando o preto saiu, ela amassou a nota. A princípio seus pensamentos foram vagos e diluídos, mas, logo depois, a imagem do dia de aniversário e da casa distante apareceu bem clara ante seus olhos. Então ajoelhou em frente ao quadro e pediu perdão dos seus pecados. Depois refletiu. Não tinha culpa nenhuma. Era o que tinham feito dela. Procurou no seu ser um gesto de revolta e, como não o encontrasse, atirou-se na cama para dormir.

BALADA

1

DENTRO DOS QUARTOS OUTROS QUARTOS SE FIZERAM, com paredes de tábuas, nem sempre muito juntas, os buracos tapados por bolos de papel ou de pano. A espanhola que alugara o quarto andar transformara os vinte quartos e três salas em quarenta e nove apartamentos que lhe rendiam bom dinheiro.

Os três homens atravessaram a casa toda. Na sala de jantar cumprimentaram dona Luzia, a proprietária, que catava feijão. Empurraram a porta do último quarto e entraram. O preto sentou-se em cima do colchão e viu logo o buraco tapado.

— Olha, Chico, a madama tapou o observatório...

— Puta merda! Ela desconfiou!

— Perdemos o cinema...

O dos dentes de fora escarneceu:

— Vocês são mesmo uns burros. De que vale espiar uma velha sem poder trepar com ela?

O Vermelho discordou:

— Velha uma bilosca. E bem comível, até... e com a secura que eu ando...

O dos dentes de fora tirara a roupa e esperava inutilmente uma brisa que o refrescasse.

— Tá quente!

— Aqui pelo menos a gente se deita... E no cais?

— Que calor safado fez hoje, hein? Os sacos pareciam de fogo...

Trabalhavam nas docas em carregar e descarregar navios que iam e vinham de portos nunca suspeitados sequer... Moravam juntos no quarto estreito e dormiam apertados sobre o único colchão que possuíam. Apesar do calor, não pensaram em tomar banho. Se estiraram pelo chão, respirando com força.

— Nem se pode ver mais as gâmbias dessa lambisgoia...

— Deixa a velha em paz, Henrique.

O preto calou-se. O dos dentes de fora explicou:

— Eu soube que ela é espírita. Vai todo dia às sessões para ouvir o espírito do filho que morreu num desastre de bonde. Era condutor... E a velha...

O silêncio durou alguns segundos até que o Vermelho falou:

— Eu nem me lembro de minha mãe. Me criei no cais com o velho, que era de pouca conversa e de mão pesada. Ainda me lembro... Puta merda!, apanhei...

Augusto arreganhou os dentes:

— Eu sei lá... Mamãe era empregada de uma família. Papai o filho único... Um dia *jantou* mamãe...

— Casaram?

— Onde foi que você viu patrão casar com criada? Só no cinema... Botaram foi a criada na rua. Quando eu nasci ela tava amigada com um carroceiro. A gente tomava porrada como gente grande. Ele gostava de pinga e morreu num desastre. A velha morreu um mês depois, acho que de...

Ia dizer cachaça, mas voltou atrás:

— ... nem sei de quê...

— Que coisa mais triste!

O preto olhou pela janela da cozinha. Do fundo das outras casas viam a sua musculatura e o gigante preto sorriu.

— Pois comigo foi mais alegre...

— Tu não foi escravo, negro?

— Não. Nem meu pai. Meu avô, sim. Eu conheci o velho... Tinha as marcas nas costas... Quando morreu passava um bocado dos cem anos...

— Com licença!

Era o Isaac. Aparecia sempre, com manifestos no bolso. Ficou ouvindo, encantado, a história da infância do negro liberto.

2

PROPRIAMENTE, HENRIQUE SÓ SE RE-
CORDAVA DE TRÊS FATOS e começava a se recordar dos sete
anos em diante. Se lembrava bem era da rua. O sobrado amarelo
ficava junto à sua casa pequena. Uma porta estreita e uma enorme e larguíssima janela, bem no começo da rua dos Quinze
Mistérios. Entre a janela e a porta, alguém escrevera com tinta
vermelha o número 1, que o tempo desbotara. Em verdade o
número 1 era o sobrado que o possuía sobre a porta, numa placa-
zinha reluzente. Para o sobrado de janelas, moças e flores, se dirigia o carteiro e se dirigiam os rapazes. A casa de Henrique não
tinha, por assim dizer, vida legal, simples apêndice da rua. Dela
via-se a travessa do Ramos de Queiroz e lá no fim a Baixa dos
Sapateiros, movimentada de homens e bondes. Debaixo do humilhado número 1 da sua casa haviam rabiscado um nome cabeludo que o pai sempre prometia apagar e jamais apagava. Só o
tempo mesmo conseguiu tirá-lo dali. Hoje, essa casa transfor-
mou-se num sobradinho com uma quitanda embaixo, bem for-
necida de bananas e laranjas, mas assim mesmo ficou um sobradinho baixo, metade apenas do amarelo, que hoje é esverdeado,
continua a possuir várias janelas, moças e flores, continua a atrair
os rapazes e ainda é o número 1. Para os moleques da rua dos
Quinze Mistérios, porém, o número 1 era a casa pequena.
Pretinhos sujos, mulatinhos safados, corriam ladeira abaixo, rolavam em brigas por vezes sangrentas, apanhavam surras monu-
mentais, furtavam frutas nos tabuleiros, espiavam seios luzidios e
grandes de negras que sorriam com dentes amigos. Levavam
vida gostosa na sujeira da rua e faziam recados para ganhar um
tostão. Julgavam-se livres — sem escola e sem primeira comunhão, sem sapatos rangedores e sem banho diário, de vida nem
sempre farta mas em compensação alegre e divertida.

O primeiro dos fatos de que Henrique se recordava era a vaia
que haviam dado em Ângelo, o gordo vizinho do sobrado amarelo.

Hoje, Henrique tinha pena dele. Outro dia o vira. Estava
gordíssimo, comerciante, carregava embrulhos de todos os ta-

manhos e de todas as cores. Tinha mulher magra e filhos que não acabavam mais.

— Coitado dele! É gozado... Ninguém pode pensar nele sem rir... Só me parece que a mulher bate nele e os filhos aplaudem. Esse pobre Ângelo, um sujeito gozado, feito para se rir às custas dele...

Henrique está rindo, está rindo mesmo às gargalhadas, mas quer ter pena, quer lastimar a sua sorte e não pode. Sente-se — não tem um tostão, dorme no areal, pesca à noite, às vezes carrega fardos nas docas —, mas sente-se superior a ele, liberto, dono do mundo, senhor do ar, amigo dos gatos vagabundos e das sombras das árvores. O outro é escravo do armazém, da mulher e dos filhos. E quem sabe se o avô de Henrique não foi escravo do avô dele?... O neto é que não é escravo de nada.

A vaia foi assim. Ângelo devia andar pelos nove ou dez anos. O pai era rico, dono do sobrado amarelo, do armazém de secos e molhados, de um enorme guarda-chuva cinzento que não largava nunca. Ângelo era gordo e andava devagar, quase se equilibrando. Sorria sempre, um eterno sorriso de aprovação. Tinha uma pele tão fina e tão corada que parecia a mulher rica, mal falada na rua, que morava no 22 e possuía um cachorro de luxo.

Logo que se mudara para o sobrado amarelo, Ângelo tentou fazer camaradagem com os molecotes, mas eles eram terríveis, acostumados a quedas e surras e com um grande adiantamento sexual. Houve ameaças e propostas sujas a Ângelo, que não podia correr com eles, nem tomar parte nos furtos de banana e sapoti. Demais, quando iam espiar os peitos das negras, ele se deixava ficar, e certo dia, quando foram ver uma preta mijar nuns terrenos baldios da Baixa dos Sapateiros, Ângelo se interpôs entre eles — foi o seu único ato corajoso — e disse que aquilo era pecado. Jesuíno, um mulatinho fino, de cara de sagui, endiabrado como ele só, soltou a descaração...

— Você não é homem! Já ouvi dizer que você dá...

Ângelo corou e chorou. O grupo foi ver a preta mijar e o pobre gorducho se separou deles definitivamente, para alegria de sua família. Só muito tempo depois é que souberam que várias vezes Ângelo apanhara por andar em tão má companhia.

Apesar disso, vaiaram-no.

Foi um domingo de muito sol, quando ele voltava da primeira comunhão. Vinha com o pai, que não abandonava o guarda-chuva, a mãe, também muito gorda, e as três irmãs, namoradeiras, de cachos e vestidos lindos. Os meninos estavam no tope da ladeira. Ângelo andava radiante, as mãos apertadas uma na outra. Bem no meio da rua, pisou na casca de banana, escorregou e foi ao chão, sujando a roupa branca. A vaia explodiu. Henrique não sabia quanto tempo gritaram, mas parece que Ângelo não chorou da queda, chorou da vaia.

— Papai quis me bater, mamãe não deixou. Foi uma discussão danada. Papai respeitava os brancos, mamãe odiava...

3

HENRIQUE SE LEMBRAVA TAMBÉM, COM A VOZ ENTRECORTADA de gargalhadas sonoras e gostosas, da primeira vez que vira uma negra mijar.

O fato ficou-lhe na memória graças ao seu pitoresco. Um dia, discutiam sobre a conformação das pessoas. Nascera uma irmãzinha de José Gogó e eles tinham ido à casa em festa visitar a criança. Olharam bem para as partes vergonhentas dela e, juntando o que haviam visto com as conversas ouvidas de molecotes mais velhos, ficaram de perfeito acordo quanto à diferença entre o homem e a mulher. Restava saber como a mulher mijava. Discutiram uns quatro dias, sem chegar a uma conclusão satisfatória. Finalmente, um dia, foram espiar as pretas que mijavam no areal, Henrique, Baldo e o mulato Jesuíno. A vítima escolhida foi uma velha maluca que pedia esmolas cantando. Acompanharam-na um bocado pelas ruas e ladeiras. Ela cantava misturas de rezas e canções picantes. Afinal, após uma enorme caminhada, dirigiu-se para o areal. Eles atrás. A velha chegou e a primeira coisa que fez foi cheirar o chão. Depois traçou, com o dedo, um círculo e dançou em volta. Eles espiavam escondidos, amedrontados. A velha suspendeu primeiro o vestido, sem parar de dançar. Em seguida, suspendeu a camisa e, com enorme cerimonial (parecia até missa cantada), dando três passos para a frente e dois para trás, colocou-se no meio do círculo. Parou então de cantar. Ouviram um ruído e viram o jato d'água. Terminada a operação, a velha retirou-se em silêncio e os molecotes se precipitaram para o lugar do sacrifício. Ficaram bestas. O círculo rodeava geometricamente a água malcheirosa. Nem um pingo fora. Observaram tudo cuidadosamente e foram procurar os companheiros. Seriamente, Henrique nunca discutiu tanto como naquele dia. Surgiram versões inúmeras sobre o caso. Por que as mulheres mijavam dentro de um círculo, após cantar e dançar?

Acabaram por aceitar a opinião de Baldo:

— Se elas não fizerem isso, o diabo entra pelo corpo delas. Assim, o diabo fica preso na roda e elas mijam em cima dele.

Ficaram doidos por ver outra mulher mijar. Viviam escondidos atrás do areal. Finalmente, uma pretinha veio e mijou sem cantar e sem rezar. Baldo explicou que aquela já tinha o diabo no corpo. A explicação não valeu porque as outras que seguiram a pretinha também não dançavam. Estavam desapontados, mas veio um homem com uma mulher e, em vez de mijarem como todo mundo, mijaram embolados, gemendo. Aí o mistério os dominou de novo e ficaram viciados no areal.

4

O TERCEIRO FATO ERA MORENA. HOJE, MORENA É UM PEDAÇO, uma mulher para um macho bom. Pois Henrique jurava que, já naquele tempo, menina de oito anos, Morena era um pecado. Os cabelos lisos e os olhos rasgados, parecendo cheios de água, diabo de olhos que o olhavam convidando para coisas feias.

Havia outras. A Francisca, filha de sinhá Rosa, que era bem bonita, Lilita e Rosinha. Mas ele só via Morena. Elas andavam com os moleques, corriam com eles, furtavam frutas também. Eles espiavam-lhes as coxas e pegavam nelas, às vezes. Uma vez Henrique bateu em Jesuíno porque o mulato quis pegar nas coxas de Morena. Depois ele pegou. E uma noite, no escuro, foram mijar embolados no areal. Ele achava que aquilo (não sabia o que era em verdade) devia ser gostoso. O engraçado é que mijou mesmo nas coxas de Morena. Então disse:

— Agora você é minha mulher. Tem de me obedecer.

Foi assim que começou o namoro. Ele poderia dizer que foi numa noite de lua num banco de jardim, com flores e coisas ingênuas. Agradaria a muita gente. Mas não foi mesmo, era besteira dizer.

Isaac achou que ele tinha razão, que assim mesmo, embolados no areal, eram líricos e ingênuos. O judeu escutava o preto imaginoso e alegre com os olhos brilhantes, como um estrangeiro escuta uma canção do seu país natal.

Henrique e Morena começaram se embolando no areal e se mordendo. Morena... Menina bonita da rua dos Quinze Mistérios... Ele beijava os seus lábios, e nos brinquedos de quadrilha ela era a sua mulher. Podia ter sido somente assim! Ficaria até bonito! Mas eles gostavam era de se apertar e Henrique procurava-lhe os peitos que ainda não existiam debaixo do vestido.

NOTÍCIA DE NEGRO ESCRAVO

1

— DOIS TÕES, TITIA.

A negra encheu o caneco de mingau de puba.

— Taí, meu filho.

Ela ocupava quase toda a porta com latas de querosene cheias de mingau e munguzá e o tabuleiro enfeitado de desenhos, coberto com a alva toalha rendilhada, debaixo da qual os acarajés e as moquecas de aratu se acomodavam junto à cuia de barro, que levava o molho de pimenta. A preta ficava ali até alta madrugada, quando os últimos negros e mulatos se tinham recolhido e a cidade dormia, fechadas as janelas coloniais, silenciosos os sinos das igrejas inúmeras. A carapinha já estava branca e ela sabia histórias velhas como as igrejas, histórias da escravidão, de ioiôs e de iaiás, de escravos e mucamas. Por isso, os pretos moços se sentavam perto dela. Não os seduziam os peitos da preta que apareciam por baixo da camisa desabotoada, peitos que outrora tinham sido rijos, mas agora balançavam como os colares e os bentinhos que ela levava ao pescoço. Sentavam-se em volta da larga saia de chitão para ouvir as histórias antigas da velha. Trabalhadores do cais, carroceiros, operários. Às vezes alguns estudantes paravam também, mas iam logo embora, porque os pais estavam ricos e eles não queriam se recordar de que os avós haviam sido escravos. Hoje eles tinham outros escravos pretos, mulatos e brancos, nas extensões das fazendas de fumo, de cacau, de gado ou nos alambiques de cachaça.

2

O MENDIGO DESCIA A LADEIRA COM O PASSO TARDIO, arrastando o pé volumoso, enrolado em resto de roupas, apoiado num varapau que comprara na feira de Água de Meninos. O cabelo caía-lhe no rosto, cabelo grisalho, ninguém sabia se de velhice, se de sofrimentos. Numa das mãos a cuia de queijo onde as esmolas pingavam. O jornal da tarde, amarrotado, debaixo do braço. Parou junto à preta. Ele também morava no 68, na ladeira do Pelourinho, e, como os ratos, era inquilino gratuito. Dormia debaixo da escada, enrolado na colcha sujíssima, que o cobria havia dois anos sem ver água, a não ser quando se molhava nas poças de mijo. Tinha rombos feitos por dentes de ratos.

O mendigo deu boa-noite à negra, se arrastou até debaixo da lâmpada da casa fronteira e começou a ler o jornal. Deixou a parte política, que não o interessava. Leu uns telegramas do Rio e o noticiário policial.

Levantou e voltou para o 68, onde agora um grupo de negros e mulatos, de violão e camisa de gola, com flores atrás da orelha, conversava com a baiana, tomando mingau e comendo acarajé.

— Boas noites...

— Boa noite, Cabaça.

Cabaça sentou-se, estirando as pernas. O pé ficou bem debaixo da réstia de luz, deixando ver as feridas. Coçava as pernas silenciosamente.

Um mulato perguntou:

— Muita notícia?

— Quase nada. Uma greve dos operários da companhia de bondes do Rio.

— Era o que se precisava fazer na Bahia...

— Se era...! Partir a cara desses filhos da puta desses americanos.

O mendigo voltou-se para a negra:

— Desculpe o filho da puta, minha tia.

A negra riu e Cabaça continuou:

— Mas esses galegos daqui não são homens...

Ele fora condutor de bonde e ferira o pé num ferro, uma vez, quando saltava. Um mês depois não podia mais trabalhar e foi despedido. Talvez por falta de médico, talvez por outro motivo, a moléstia tomara conta do pé, obrigando-o a mendigar. Primeiro xingara a companhia de bondes. Depois se conformara. Conversando com Isaac, voltava a reclamar contra a Circular.

— Vocês precisam conversar com o Isaac.

— Agora seu Álvaro Lima tá trabalhando nas oficinas...

— Álvaro Lima? Quem é?

— Um camarada bom. Acho até que ele mora aqui...

Dois soldados que desciam a ladeira deram boa-noite e subiram as escadas. Moravam no primeiro andar. A conversa silenciou. Os pretos também deram boa-noite e foram embora.

O mendigo tomou um copo de munguzá e comprou um acarajé, no qual mandou não botar pimenta. Fazia aquilo todas as noites.

3

ESTIROU O JORNAL NO CHÃO E DEITOU-SE EM CIMA. Havia uma poça de mijo adiante. Cabaça não ligou. Já estava acostumado. Começou a assobiar baixinho, de um modo todo especial. Ratos corriam na escuridão da escada e ele prestava atenção ao barulho que faziam. Algum tempo depois ouviu um ruído familiar. Assobiou mais alto, até que um rato gordo, grande, chegou-se para ele.

— Boa noite, Pelado.

Passou as mãos nas costas do rato, que era realmente pelado, de tão gordo, com uns bigodes grandes que pareciam de gato.

Cabaça cortou o acarajé em pedaços pequenos, que o rato comeu vorazmente. Alisou-lhe as costas um bom tempo, até que o animal deu mostras de impaciência.

— Vai dormir, Pelado.

O rato, solto, disparou pela escada. Cabaça enrolou-se na colcha e dormiu, sem ouvir os passos dos homens que subiam, das mulheres que entravam.

4

O PRETO HENRIQUE ABRIU OS DENTES NUM SORRISO IMENSO e gritou para a pretinha que passava ligeiro:

— Anjo que Senhor do Bonfim me mandou!

— Anjo é a mãe...

— ... que te pariu, belezinha.

Tomou o caneco das mãos da preta velha e bebeu de dois tragos.

— Ainda tá quente, meu filho? É o restinho...

— Tá, tia. Bota mais.

Quando acabou, disse:

— Você lembra dessas histórias que você sabe, minha tia?

— Que histórias?

— Essas histórias de escravidão...

— O que é que tem?

— Você vai esquecer elas todas.

— Quando?

— No dia que nós for dono disso...

— Dono de quê?

— Disso tudo... da Bahia... do Brasil...

— Como é isso, meu filho?

— Donos dos bondes... das casas... da comida...

— Quando é isso, meu filho?

— Quando a gente não quiser ser mais escravo dos ricos, titia, e acabar com eles...

— Quem é que vai fazer feitiço tão grande pros ricos ficar tudo pobre?

— Os pobres mesmo, titia.

— Ah! Já sei! Cabaça e esse gringo velho vivem falando nisso. Indagora tavam conversando aqui. Mas isso não vai haver, meu sobrinho.

— Por quê?

— Negro é escravo. Negro não briga com branco. Branco é senhor dele. Eu soube de um negro que quis brigar com um branco. Foi há muito tempo...

— O negro é liberto, tia.

— Eu sei. Foi a princesa Isabel, no tempo do imperador. Mas negro continua a respeitar o branco...

— Mas a gente agora livra o preto de vez, velha.

No princípio da ladeira, um negro bêbado cantou a trova do escravo:

Xiquexique é pau de espinho,
umburana é pau de abeia.
Gravata de boi é canga,
paletó de negro é peia...

A negra sorriu:

— Tá vendo?

— Tou. A gente liberta o negro.

A negra ia apanhando o tabuleiro. Henrique ajudou-a a botar as latas vazias em cima. Ela perguntou:

— Você sabe qual é a coisa mais melhor do mundo?

— Qual é, minha tia?

— Adivinhe.

— Mulher...

— Não.

— Cachaça...

— Não.

— Feijoada...

— Não sabe o que é? É cavalo. Se não fosse cavalo, branco montava em negro...

MUSEU

1

QUANDO A TUBERCULOSA TOSSIU LON-
GAMENTE LÁ EM CIMA, Sebastiana escancarou a boca e arran-
cou sons amedrontadores.

O dos dentes de fora, que ia entrando, de peito nu, bagas de
suor a cair, perguntou:

— O que é, Sebastiana?

Como a surda-muda não ouvisse, ele desenhou gesto de inter-
rogação no ar. Ela respondeu pelo mesmo processo, apontando
para o sótão, colocando a mão direita sobre o peito e produzindo
ruídos com a boca. Depois soltou grunhidos que davam nervoso,
parecendo de pessoa que se afogasse ou de criança que um papão
estrangulasse. Quem a visse diria que ela chorava, mas o dos dentes de fora sabia que ela estava rindo, que a doença da outra lhe
causava satisfação. E, gesticulando, perguntou se ela não tinha
pena. Sebastiana balançou a cabeça que não, que não, violenta-
mente. Rodou os braços, querendo abarcar a casa toda, botou as
mãos nos peitos, imitou a tosse da tuberculosa e sorriu, fazendo o
dos dentes de fora compreender que, se a casa toda ficasse tísica,
ela teria uma grande alegria.

O dos dentes de fora sorriu e deu um beliscão na bochecha da
mulher. Ela procurou sons que exprimissem a sua alegria e deu
aqueles grunhidos de afogado, mas fez com a mão que não queria
que ele ficasse tuberculoso.

Do terceiro andar descia a moça de azul. O dos dentes de fora
pensou que, apesar de tão bonita, ela só devia ter aquele vestido.
Como olhasse os seus olhos, pareceu-lhe que ela chorava.
Encostou-se no corrimão para dar-lhe passagem. A surda-muda
encostou-se na parede. Quando a moça de azul passou, Sebastiana
fez um esforço enorme e riu demoradamente, com aquele riso

horrível de condenada. A moça de azul continuou a descer, sem se voltar. O dos dentes de fora apertou o braço da surda-muda até lhe arrancar lágrimas dos olhos maus. Ela fugiu, esticando a língua num gesto obsceno. O dos dentes de fora pensou:

— Ela tá xingando minha mãe...

Subiu de um pulo os dois degraus que o separavam de Sebastiana e gritou a pergunta nos seus ouvidos. Ela entendeu e concordou, a face iluminada. O dos dentes de fora suspendeu a mão, mas tornou a baixar porque olhou para a surda-muda. Era uma pretinha mirrada, a carapinha esbranquiçada, uns olhos maus de demônio, olhos que falavam mais do que todas as línguas do 68.

Novamente a tuberculosa tossiu no sótão, uma tosse doida de agonia, tosse que abalava a casa inteira e pôs arrepios nos nervos do homem.

— Tou até parecendo uma dama... — sorriu.

Mas se arrepiou de novo e o suor que lhe escorria pela espinha gelou. A surda-muda pretendia rir e soltava sons espantosos, lamentos horríveis, bárbaros. O dos dentes de fora atirou-se pela escada acima, o corpo tremendo como homem doente de maleita.

2

A MÁQUINA LHE LEVARA OS DOIS BRAÇOS. UM DE CADA VEZ. Quando, por um descuido, perdera o primeiro, o dono da fábrica lhe arranjou, por favor, um outro lugar, junto a outra máquina, de salário menor e com o mesmo perigo. Novo descuido e o outro braço alimentou a máquina. O patrão disse que tinha pena, mas não lhe arranjou lugar algum. Tinha mais pena, afirmava, do seu rico dinheirinho, que dava tanto trabalho a ganhar. E, demais, explicava à sua consciência cristã, o homem era um mandrião, um descuidado, e ficara assim porque quisera. A consciência aceitou a desculpa como boa e continuaram a viver em paz. O pior é que os operários não quiseram aceitá-la também. Tentaram uma greve, que deu em resultado a prisão e o espancamento de nove operários. O patrão ficou amedrontado e, no dia em que os grevistas voltaram ao trabalho, teve um rasgo de generosidade. Avisou que ia dar duzentos mil-réis ao aleijado.

Ficara horroroso, muito vermelho, a cabeça calva, com aqueles cotocos de braço. Cabaça garantia que, mendigando, Artur faria bom dinheiro, mas ele era orgulhoso demais para mendigar. Não passou fome porque os camaradas da fábrica levavam-no para comer nas suas casas. Rolou assim muito tempo. Um dia arranjou emprego com um propagandista de produtos de pouca venda, que se entusiasmou com sua figura. Passou a morar com o propagandista num quarto do 68, onde dormiam os três. O terceiro companheiro era uma cobra inofensiva, que dançava e comia ratos. Dos três, era ela quem dormia mais confortavelmente, estendida no caixão com tampa de arame. O propagandista armava ratoeiras na escada para conseguir o almoço da cobra. Silencioso, humilhado, odiando os homens que possuíam automóveis e escravos, Artur passava o tempo livre ouvindo o judeu. Antes ouvira o anarquista espanhol, mas o que ele dizia não satisfazia o aleijado. Odiava também o pó branco e a tinta vermelha que lhe passavam no rosto quando ia para o trabalho, mas tinha amizade ao propagandista, um moço de vinte e dois anos, pálido e doente, que dividia com ele o que ganhava e ainda ajudava as irmãs costureiras.

Quando Artur passava pelas ruas, carregando a cobra no pescoço como um colar estranho, o rosto pintado, os restos dos braços nus, a garotada gritava:

— Cotoco!

— Maneta!

O sucesso era certo. Uma roda de desocupados cercava os propagandistas, aplaudindo a cobra, vaiando o aleijado, e alguns compravam o sabão para feridas e o tijolo para lavar louça.

E, de noite, quando Artur voltava para casa, alto, calvo, branco e sem braços, parecia aos casais de namorados, na escuridão da escada, um fantasma fugido das penas do inferno. E eles se amedrontavam.

3

OS GAROTOS QUE VIVIAM NA LADEIRA DO PELOURINHO, aventurando-se pela Baixa dos Sapateiros e pelo Terreiro, se gritavam quando Artur aparecia com os cotocos dos braços, isso não era nada em comparação com o berreiro que faziam ao surgir no tope da montanha aquele homenzinho magro, de olhos fundos, cara miúda, calças de casimira, paletó de brim cáqui, uns sapatões à Carlitos, camisa ensebada da qual só restava o peito que ele fazia questão de conservar sem buraco, colarinho duro de onde pendia um pedaço de gravata encarnada, chapéu azul violento na cabeça. No braço balançava um guarda-chuva quebrado, sua arma contra os garotos.

Mal o viam, corriam para ele aos berros:

— Pega-pra-capá! Pega-pra-capá!

O grito penetrava pelas casas e as janelas se enchiam de moças como nos dias de procissão, moças que riam e se beliscavam. Os homens também riam. Os soldados paravam para olhar. A garotada — molecotes brancos, pretos, mulatos, árabes, espanhóis — cercava o homem, que rodava o guarda-chuva, espalhando o círculo.

— Pega-pra-capá!

Apesar do guarda-chuva, o círculo ia se apertando. Moleques desciam e subiam aparecendo aos grupos, surgindo de cada beco, saindo de cada porta, aos berros.

— Pega-pra-capá!

Enquanto girava o guarda-chuva, ofendido, gritava:

— Vão xingar a mãe, filhos da puta! Miseráveis! Xibungos! Cornos! Vão xingar a mãe!

A garotada apertava o círculo:

— Pega-pra-capá!

— Eu tenho nome, sacanas! Eu me chamo Ricardo Bittencourt Viana! Pega-pra-capar é a mãe!

Os garotos respondiam:

— Pega-pra-capá!

As moças, nas janelas, riam. Os homens riam. Os soldados, parados, riam. A brincadeira durava até que ele tomasse coragem e, brandindo o guarda-chuva, abrisse caminho entre os moleques, se precipitasse ladeira abaixo e enfiasse o corpo magro pela escada do 68, ainda acompanhado da grita dos moleques:

— Pega-pra-capá!

Pedras batiam-lhe nas pernas e nas costas.

— Vão capar a mãe!

4

OS PRIMEIROS GRITOS ELE OS OUVIA NO TERREIRO, dos estudantes de medicina. Passava ao largo e, receoso da cena diária, penetrava na rua. Acontecia às vezes os garotos estarem embaixo, correndo pela ladeira do Tabuão, e ele andava um pedaço de tempo livre. Alguns dias mesmo chegara até a porta do 68 sem ser notado. Em geral, porém, mal pisava na rua, um pequeno dava o alarme:

— Pega-pra-capá!

Do alto da rua, ele via os garotos subirem. A princípio se admirava de que houvesse tanto moleque na redondeza. Talvez cem, talvez duzentos. Vinham subindo. Ele pensava em recuar, mas os estudantes de medicina açulavam os garotos e fechavam a rua. Ele se enfurecia, brandindo o guarda-chuva. Se sentiria feliz se matasse um menino. Quando acontecia um deles morrer de impaludismo, ele se alegrava no silêncio de seu quarto. Tinha, particularmente, raiva de um. Era um filho de árabe, alcunhado Zebedeu, que certa tarde lhe acertara uma pedra na cabeça. Pega-pra-capar olhava-o subir, comandando os moleques. E, enquanto brandia o guarda-chuva, pensava vinganças horrorosas. Queria vê-lo morrer queimado, as chamas lambendo aquele corpo gordo. Cairia um óleo no meio das chamas. E procurava acertar o guarda-chuva em Zebedeu, gritando:

— Gringo! Gringo filho da puta!

À proporção que o círculo ia apertando, a sua raiva ia crescendo. Vontade de matar e vontade de chorar. Olhava para os soldados impassíveis. Odiava-os.

— Filhos da puta! Filhos da puta! Essa terra nem polícia tem...

De repente, ficava louco e, brandindo o guarda-chuva, atravessava entre os garotos, correndo.

— Pega-pra-capá!

— Vão capar a puta que pariu!

Quando chegava no quarto, encostava o guarda-chuva num canto, botava o chapéu num prego, tirava o paletó, que dobrava cuidadosamente em cima da cama, e ia arrumar a mala, uma velha mala de couro, seu tesouro e sua paixão, que ele arrumava vinte vezes por dia, tirando as poucas coisas que possuía, mudando os lugares, incansável, feliz, esquecido dos moleques e do apelido.

SEXO

1

OS HOMENS QUE SUAVAM DURANTE O DIA NA LABUTA DO CAIS, na condução das carroças, saltando pelos estribos dos bondes a recolher as passagens, se nem sempre tinham dinheiro para comer, quanto mais para pagar mulher. É verdade que, na ladeira do Tabuão e do Pelourinho, elas não eram tão caras assim. Havia-as desde cinco mil-réis (as mais aristocráticas), até mil e quinhentos réis, pretinhas sujas e polacas septuagenárias. E eles não temiam as moléstias da rua. Ao contrário, o negro Henrique garantia:

— Homem pra ser homem precisa beber cachaça, dormir na cadeia e ter gonorreia...

E quase todos eles tinham gonorreias crônicas, com as quais se acostumavam como se acostumavam com os ratos da escada e o cheiro de suor que enchia o prédio. Mas, quando o dinheiro faltava, quando rareava o trabalho, rareavam as descidas à ladeira do Tabuão, descidas tumultuosas que, ou acabavam em freges e cadeia, ou em cachaçadas de viola e cantigas. E então eles rolavam nas tábuas da cama, nas esteiras e colchões. Sentiam o suor que escorria, o calor da noite morna. O sono demorava a chegar e, quando vinha, trazia sonhos de mulheres alvas, de prazeres do sexo que deixavam os homens, ao acordar, com a cabeça doendo e a imaginação perdida, fora da realidade.

Nessas noites, saíam à cata de mulheres, como depois das dez horas da noite as mulheres da vida buscavam homens que lhes pagassem o almoço do dia seguinte.

Havia muitas rameiras no 68 e muitos homens em busca de mulher. Os homens sabiam que elas não podiam dormir com macho de graça e eles também não podiam pagar o almoço das mulheres.

Saíam à conquista de cozinheiras e copeiras, dispostos a brigar com soldados dom-juanescos. E se, após longa busca pela cidade, descobriam uma cabrocha que aderia, desciam até os areais do porto, porque elas não subiam aos quartos do 68 para não se desmoralizar.

Às vezes os homens que voltavam sem nada ter conseguido se encontravam na escada com mulheres que nada tinham conseguido. Davam boa-noite e, se algum esfomeado convidava a mulher, planejando um calote, ela sabia recusar, sem, no entanto, deixar de sorrir, o que ainda mais os excitava.

Dirigiam pilhérias ao mendigo, que dormia:

— Você é que tá bem, Cabaça... Trepa com esse ratão...

2

O ALEMÃO SE CHAMAVA FRANZ E FORA SACRISTÃO NUM CONVENTO. O preto, apelidado Medonho, vendia frutas durante o dia.

Franz morava no terceiro andar e Medonho nos cortiços do fundo.

Quando a fome de mulher aumentava muito e rareavam as copeiras, os homens recorriam a eles, alguns enojados, outros sorridentes. Explicavam:

— Tou atrasado pra burro...

Franz, que ganhava bem, ensinando piano às meninas da redondeza, nem sempre era presa fácil. Precisavam conquistá-lo, namorá-lo dias e noites, para ter acesso ao seu quarto limpo, onde havia frutas, postais, quadros de santos, tal qual um quarto de rameira. A única diferença consistia em que Franz pagava aos homens que o frequentavam. O pior é que ele gostava de se amigar e só se entregava a um. Chorava quando era abandonado. Os homens não gostavam disso. Esse negócio de se amigar com um homem não era com eles. Andar uma vez, quando estavam atrasados, ainda passava. Mas se amigar... Só quando um se desempregava e a fome batia à sua porta e a mulher do andar falava em desalojar o quarto, o infeliz começava a seguir Franz, a namorá-lo, como se ele fosse uma loura alemã de cachos, como as que conheciam do cinema.

Já Medonho era mais liberal. De certa hora em diante, o seu quarto estava aberto a todos aqueles que sofriam falta de dinheiro e de mulher.

Apesar de porco e feio, beiços grossos e nariz chato, alguns o elogiavam.

Demais oferecia feijoada e pinga aos admiradores e cantava sambas e marchas da moda. Não dava nem recebia dinheiro. Sentia nojo de Franz, "alemão porco que fazia buchê".

Talvez por tudo isso, quando Medonho passava com o seu tabuleiro de frutas (tinha freguesia certa e boa), os homens sentados à porta do 68 nada diziam, não faziam pilhérias. Se era, porém, o alemão quem passava, vestido de casimira azul, terno velho, mas limpo, eles assobiavam e gritavam:

— Xibungo! Xibungo!

3

NO 55 HAVIA OUTRO PEDERASTA, MACHADINHO, QUE LAVAVA TERNOS BRANCOS, de brim, mas este era propriedade do outro prédio e os homens do 68 não se metiam com ele.

4

UMA NOITE, QUANDO COSME CHEGOU DA CAMINHADA inútil em busca de mulher, se encostou na escada. Passava da meia-noite e a preta que vendia acarajé preparava-se para ir embora. Cosme deu dois dedos de prosa e ficou encostado, sem forças para subir.

A mulher veio vindo devagar. Também ela não encontrara homem e agora só pensava na cama onde descansaria. Noutro dia, para comer, tomaria cinco mil-réis emprestados à francesa do segundo andar, que nessa noite arranjara um coronel graúdo.

Cosme cumprimentou:

— Boa noite...

Ela respondeu e foi subindo. Cosme subiu atrás dela. Não se viam na escuridão, mas a mulher ouvia os passos do homem.

— Eu vou dormir com você...

Ela sabia que ele não tinha dinheiro:

— Não, meu filho. Eu estou tão cansada...

— Mas você não arranjou homem...

— E que tem isso?

— Eu pago...

Ela riu sem maldade:

— Você tem lá dinheiro! Você é um pronto... Sem trabalho...

— Cala a boca. Já disse que pago.

— Me deixe...

Ele pensou em pegá-la ali mesmo, derrubá-la e se satisfazer. Era forte, ela não resistiria. Levantou os braços, mas logo os baixou.

— É... Vá embora... Eu ia passar o calote...

A mulher guardou a navalha na meia e perguntou com voz triste:

— Há muito tempo que você não anda com mulher?

— Dois meses.

— Tá seco, hein?

— Se estou!

Baixou a cabeça, continuou:

— Mas vá embora... Você me dá mais vontade... E eu...

— ... é capaz de me pegar a pulso, hein?

— Você tá se divertindo comigo... Boa noite.

Ela o reteve. Passou a mão no seu rosto.

— Olhe, pequeno. Eu vou trepar com você... Mas só hoje. Aqui na escada mesmo. Se você for lá no quarto, todo mundo quer ir de graça. Sabem que você tá sem dinheiro...

Suspendeu as saias e encostou-se.

5

TOUFIK SE ESTENDEU NA CAMA. PENSOU EM ANITA que viajara, deixando-o sem mulher. Os seus dezenove anos viciados reclamavam a fêmea com urgência. O calor da noite, que não o deixava dormir, excitava-o. Levantou-se e molhou a cabeça na pia de água do sótão. Cuspiu e voltou. Notou que a mãe estava com as coxas descobertas. Primeiro, horrorizou-se. Depois não pensou mais naquilo e se deitou junto da velha. Encostou-se nas pernas descobertas, como fazia diariamente, mas nessa noite quase não dormiu, roçando-se na mãe que roncava.

6

OS HOMENS FICAVAM QUASE SEMPRE BRUTOS QUANDO FALTAVA MULHER. Pegavam negrinhas a muque e se satisfaziam. Vários bateram na cadeia por esse motivo.

Os pretos, porém, continuavam delicados e até líricos. O negro Henrique tinha suas maneiras pessoais de conquistar mulatas.

O relógio batera onze horas quando, na escuridão da Sé, ele encontrou a copeira:

— Onde vai, belezinha?

Ela continuou altiva, sem responder. O preto seguia-a, gingando o corpo e dizendo piadas. A mulata — impassível. Então ele se aproximou e repreendeu:

— Deixa de orgulho… Mamãe também era orgulhosa e papai casou com ela…

A mulata sorriu e ele encostou. Conversaram coisas indiferentes.

Quando chegou na ladeira da Montanha, Henrique convidou:

— Vamos dormir sem sonhar?

E desceram para o areal do cais do porto.

DIVERSÕES

1

OS GRANDES CINEMAS ESTAVAM FECHA-
DOS PARA ELES. Também as farras de automóvel, com bebidas
finas. Restava o Olímpia, na Baixa dos Sapateiros, onde, de mistura com filmes falados, passavam películas velhíssimas. Eles
não se importavam. Como as crianças, aqueles homens suados
amavam as fitas de caubóis, nas quais, invariavelmente, o rapazi-
nho surrava o bandido na conquista da mocinha e do ouro do
Oeste americano. Acompanhavam as fitas em série, comentando
trechos, discutindo passagens.

A imaginação dos trabalhadores, especialmente a dos negros,
aceitava sem reclamar, nem analisar, as aventuras loucas, as fugas
do real do filme em série.

Quando as crianças brancas já duvidavam daqueles excessos de
força e daquelas coincidências exageradas, os negros adultos sorriam crédulos e, se alguém manifestava a sua dúvida em voz alta,
eles discutiam, afirmavam que aquilo era possível, contavam ca-
sos para comprovar:

— Você não conheceu o Justino? Um negro que matava um
boi com um murro... Parou um automóvel com a perna!

— E não quebrou a perna?

— Não quebrou não... Entortou um pouquinho, só... Mas
o automóvel ficou parado como um bicho, olhando para ele
com cada olho...

O negro não calava mais. A roda ouvia, entre emocionada e
sorridente. E, se o narrador parava, cansado, outro preto, que até
aquela noite desconhecia o Justino, mas cuja imaginação já estava
a arder, tomava a palavra e continuava.

— E o que ele fez no circo, vocês não sabem? Foi logo depois
que ele entortou a perna no negócio do automóvel. Um circo

grandão veio pro Barbalho. Um circo de três mastros, com palha-ço e fera como quê. Tinha cinco leões, uma cobra enorme e um jacaré. Tigres, um mundão de bichos. Eu ainda era menino e an-dava atrás do palhaço para entrar de carona...

Tomava fôlego, olhava os ouvintes, sorria:

— No dia da estreia, tava tudo iluminado. Os galinheiros ta-vam cheios. A charanga tocava, a gente gritava. Tinha graúdo nos camarotes. Houve aquele negócio todo — os palhaços caindo, a mocinha andando no arame, um china comendo fogo... Depois armaram uma jaula grandona. Meteram as feras todas dentro. O domador, um tipão vermelho como o Chico, entrou e brincou com elas. Depois elas voltaram tudo pro caixão. Aí soltaram den-tro da jaula de ferro um leão medonho. Grande como um elefan-te. Cada dente do tamanho do meu dedo. Uma dona até desmaiou quando ele roncou... Dessa vez o domador não entrou, mas bo-tou falação. Avisou que aquele leão era o rei lá nos matos da África e tinha sido pego outro dia. Um domador tinha entrado na jaula, ele tinha comido o domador. Ninguém tinha domado ele. O dono do circo dava dois contos a quem quisesse entrar lá den-tro. O leão até ria... Aí...

A assistência estava que nem em fita em série. O narrador pa-rou para gozar o efeito.

— ... aí todo mundo ficou calado. O leão rindo. O domador tremia. Foi quando o Justino, que tava no galinheiro, gritou que ia entrar. Eu estava bem junto dele. Pegaram ele, não quiseram deixar, mas ele derrubou quatro com um braço, pulou no meio do circo, abriu a porta de ferro e entrou na jaula...

— Sem arma?

— Sem arma... Era um bicho... Entrou e, quando o leão pu-lou em cima dele, pegou o bicho pelo pescoço e apertou... Todo mundo tava de pé. Ele apertando... apertando... Aí o leão bateu o corpo para um lado e botou a língua de fora... Quando se le-vantou, veio lamber os pés dele...

— E os dois contos?

— Ah! Os dois contos...

E vinha outra história, que puxava mais outra, interminavelmente. Quando a roda se dissolvia, todos acreditavam nas patranhas, inclusive os narradores.

2

ÀS TERÇAS-FEIRAS AS MULHERES APRESSAVAM O TRABALHO e cantavam, alegres, como em dia de festas. Realmente, era um dia de festa, a terça-feira. O Olímpia dava uma *soirée chic*, grátis para moças, com um programa que podia não ser escolhido, mas era extenso — trinta e oito partes. Salada de filmes, com um pouco de tudo. Jornais atrasados três anos, comédias velhíssimas, propriedades do cinema, que as exibia semanalmente nesses dias. As mulheres riam, esquecidas de que na última semana tinham rido da mesma comédia. Fitas de caubóis, dramalhões americanos e episódios de filme em série.

Elas não tinham outra diversão, além das procissões. E, às terças-feiras, concluíam cedo o serviço, pois a sessão começava às seis horas e elas não queriam perder nada. Jogavam-se para o cinema, enchendo as ruas, conversando, rindo, com os trajes mais esquisitos. Algumas levavam rencadas de filhos, que corriam, em apostas, pelas ladeiras, sem ouvir os berros das mães e os palavrões dos pais. Gozavam os apertos da entrada e as meninas arranjavam namorados.

Outra pessoa qualquer sentiria os percevejos, as pulgas, o calor, o suor e a catinga do cinema. Elas, não. Tinham tudo isso no 68 e estavam acostumadas.

3

NO OUTRO DIA, ACORDAVAM ÀS CINCO HORAS DA MANHÃ, como sempre... E, no trabalho, lavando roupa, remendando vestidos, passando ferro em camisas, lembravam as fitas da véspera, se deliciavam em comentários, as mais novas sonhavam noivos ricos com um travo de amargura, elas que odiavam a vida diária com muito trabalho e pouca comida. Lá fora, havia outra vida. A vida dos grandes automóveis e dos belos vestidos. Vida que elas só conheciam pelo cinema. Mas, quando alguma delas se perdia com um rapaz rico, não a invejavam. Sabiam que a felicidade duraria pouco tempo. Ela voltaria breve e, quando voltasse, não saberia mais lavar roupa. Cataria homens depois das dez horas da noite, beberia cachaça até que a Assistência a levasse.

4

OUTRA DIVERSÃO DO PRÉDIO E DA RUA — A ASSISTÊNCIA. Temiam-na. Quando ela descia a ladeira era para levar um deles, que dificilmente voltava. Entretanto, assim que ouviam a sineta abrindo caminho, corriam para as janelas, o trabalho abandonado por um momento. E se o carro estacionava em frente de uma porta, corriam para a rua, limpando as mãos nos vestidos, e cercavam-no, perguntando, comentando.

— Quem foi?

— Uma puta.

— Morreu de quê?

— Não morreu ainda não, mas tá muito ruim...

— De quê?

— Doença do mundo. Diz que um cancro...

Uma portuguesa gorda explicava:

— Esse p'ssoale acaba sempre assim...

— Não fale, seu diabo! Ela ganhava a vida!

— Eu tanho diraito de falaire do que bem quisere...

— Como se você também não trepasse...

— Trepaire quem trepa é a mãe...

Outra dizia:

— Doente meu não sai de casa. Se tem de morrer, morra com os parentes e não com os estranhos...

— Bem dito, comadre. Mas às vezes falta remédio... E lá, eles dão...

— Dão? Dão uma ova! Pergunte à Raimunda!

Procuraram a mulatinha, que explicou:

— Tive vinte dias lá... Só não morri por milagre... Passei foi fome! Remédio? Tem é enfermeiro que quer apalpar a gente, mal a gente melhora...

A doente passava na maca.

— Diz que ela tem um cancro aqui... — e botava a mão no estômago da vizinha.

— Lá nela... Lá nela...

5

NO CORTIÇO DOS FUNDOS FAZIAM, QUANDO HAVIA casamento ou batizado, grandes farras de violão e cachaça. Farras que, de quando em vez, terminavam em freges, com facadas e polícia.

Isso, porém, era mais raro. Só acontecia quando algum bebia demais e bolinava mulher amasiada. Em geral, dançavam noite adentro operários e soldados, um excesso de homens, poucas mulheres. Harmônicas, violões, dichotes, pinga. Se esqueciam, por um momento, do trabalho pesado, da exploração que sofriam, da fome que os esperava. Os que estavam sem trabalho afogavam as mágoas em cachaça e, quando queriam, gritavam a sua raiva contra os patrões. Até os soldados apoiavam.

6

NO PRINCÍPIO, TAMBÉM LEVAVAM À CONTA DE DIVERSÃO os discursos que rapazes de barba por fazer pronunciavam às portas das fábricas e no cais do porto. Desconfiavam dos rapazes, como desconfiavam dos cabos eleitorais que os alistavam para votar nos candidatos do governo para deputado. Mas, quando operários começaram a dizer "camaradas" e a contar sua vida, os seus sofrimentos, as suas explorações, eles prestaram mais atenção. E agora ouviam atentos. Não era mais diversão aquele grito:

— Proletários de todos os países, uni-vos!

Grito que poderia levá-los à cadeia, fazer com que os surrassem e deportassem, mas que poderia rebentar as cadeias, acabar com as surras e com as deportações.

RELIGIÃO

1

O CARTEIRO SUBIU RECLAMANDO. FICA-VA FURIOSO AO APARECER alguma carta para habitantes do 68. Havia gente demais e ele tinha de procurar o dono pelos andares. Nomes que ele não guardava porque não se repetiam. Aquele, por exemplo, era a primeira vez: Dona Risoleta Silva, ladeira do Pelourinho, 68, Bahia. Já perguntara no primeiro andar e no segundo. No terceiro lhe disseram que era no sótão, evitando que ele parasse no quarto. Assim mesmo, parou para tomar ar. E continuou a subida resmungando. Quando alcançou a porta, nem podia gritar "Correio!" com voz forte. Chamou Julieta, que saía da latrina, e perguntou:

— Mora aqui dona Risoleta Silva?

— Mora, sim, senhor... por quê?

— Uma carta para ela...

— Dona Risoleta! Dona Risoleta!

— Que é?

— O correio tem uma carta para a senhora.

2

SILENCIOU O RUÍDO DA MÁQUINA DE COSTURA. DONA RISOLETA E LINDA apareceram na porta do quarto, surpresas. O carteiro, encostado na escada, descansava, dirigindo olhares a Julieta.

— Uma carta para mim?

— Para dona Risoleta Silva. É a senhora?

— Sim, senhor.

— Então, está entregue.

Pensou:

— Essa gente nunca recebe cartas...

Olhou pela última vez para as pernas de Julieta, deu boa-tarde e desceu.

Nunca recebiam cartas mesmo. Uma ou outra de parentes esquecidos, comunicando nascimentos e batizados, casamentos e mortes. E a carta servia para o sótão todo. O felizardo que a recebera contava a história daqueles parentes sem omitir detalhes, voltando atrás quando acontecia esquecer algum.

Daí dona Risoleta não ficar espantada ao se ver rodeada por todas as mulheres do sótão. A carta, sim, espantava-a. De quem seria? Enquanto andava para o quarto, seguida dos vizinhos, estudava a letra.

— Parece letra do Malaquias...

— Quem é?

— Um irmão que morreu há vinte anos...

Ficou com os olhos parados, recordando o irmão, mas Linda impacientou-se:

— O melhor é abrir logo, Dindinha... Assim...

— É mesmo — apoiou Julieta...

Rasgado o envelope, Linda leu o prospecto.

Pró Igreja

NOSSA SENHORA DO BRASIL

Pela última vez venho bater às portas do vosso generoso coração, pedindo e rogando mais um óbolo para terminar as obras da igreja de N. S. do Brasil. Para conseguir este ideal, preciso de duzentas pessoas que contribuam com 200$000 em dez prestações mensais de 20$000, cinquenta pessoas que contribuam com 100$000 em dez prestações mensais de 10$000.

Ficaria muitíssimo grato se V. Ex.ª quisesse fazer parte desses contribuintes.

A Virgem Santíssima conceda a V. Ex.ª a graça que mais desejar, em troca do vosso óbolo.

Servo em Cristo.

PADRE SOLANO DALVA

Ficaram caladas, emocionadas. Dona Risoleta baixou a cabeça e a palavra faltou-lhe. Linda falou vaidosa:

— Que prestígio, hein, Dindinha? Somente duzentas e cinquenta pessoas. Garanto que o padre Solano escolheu a dedo. E botou a senhora no meio, hein?

Julieta replicou:

— Pois eu, minha filha, se ele se lembrasse de mim, eu mandava ele era à merda. São uns ladrões. Querem é o dinheiro dos outros pra engordar...

Linda fechou a cara, mas Julieta fez que não viu:

— A pobre da dona Risoleta trabalha que nem escravo, no fim do mês quase não pode pagar a bosta desse quarto, vocês comem o pão que o diabo amassou e ainda ficam com o rei nas tripas porque o ladrão desse padre escolheu vocês para serem roubadas... Orgulho besta!

— Pode ser. O que eu não quero é conselho seu. Faça o favor de não falar mais comigo.

— Ora, por mim... Você quer ser furtada, seja. Por mim... Você o que é, é uma preguiçosa... Mata essa pobre velha...

— Vá embora!

As outras gozavam a cena. Dona Risoleta quis dizer qualquer coisa, mas ficou calada, com a mão suspensa. E, como a tuberculosa tossisse no quarto vizinho, estremeceu toda e largou o prospecto. Ficou pensando que poderia ser das cinquenta pessoas que davam cem mil-réis em prestações mensais de dez mil-réis. E pediria "a graça que mais desejava" — um noivo rico e bom para Linda...

Voltou à máquina de costura e trabalhou até as duas horas da manhã. Os olhos doíam-lhe, devido à luz da vela, e as pernas, com o suor correndo, estavam duras de tanto subir e descer com o pedal. Parecia até que o seu velho reumatismo voltara. Já ia se deitando quando a tuberculosa tossiu.

Lembrou-se, com um arrepio, de que estava juntando um dinheirinho para emprestar a Vera no fim do mês. Assim viria um médico e talvez a doente deixasse de tossir.

Mas a igreja de Nossa Senhora... A tuberculosa... Nossa Senhora... As pernas doíam-lhe horrivelmente e os olhos ardendo custavam a conciliar o sono. Demais, a cama era de solteira e ela dormia do lado da parede para que Linda não sentisse muito calor.

3

A NEGRA FICOU SENTADA NO DEGRAU. O MEDO ABRIU-LHE os olhos. Seria para ela? Não tinha inimigos, não roubara o marido de ninguém, estava velha demais para ser cobiçada. De qualquer maneira, não passaria sobre o despacho. Sentou-se, esperando.

A casa acordava aos poucos. Na pia do sótão lavavam-se rostos. A venda de Fernandes abria as portas, homens apareciam ao pé da escada.

Toufik juntou-se à negra:

— Bom dia, sinhá Maria.

— Bom dia, meu branco.

— Não vai descer?

Ela esticou o dedo, apontando o embrulho de papel de jornal. Toufik assobiou.

— Um feitiço, puxa! Pra quem será?

O árabe também acreditava. E quem não era dominado pela religião bárbara dos negros?

Minutos depois o grupo se engrossara. Homens e mulheres cercavam o despacho, incapazes de transpor o degrau onde o tinham deixado.

O sapateiro espanhol desceu. Passou entre o ajuntamento sem

curiosidade e ia pisando no degrau fatídico quando alguém o reteve, pegando-o pela manga da camisa.

— Vai pisar no feitiço...

— Ah! Vocês não descem por causa disso?

Meteu o pé no embrulho, desfazendo-o. Os outros olhavam, espantados.

— Que feitiço forte! É para matar mulher que tomou marido dos outros...

— Se é!

— Isso é pra Nair, essa sirigaita do sótão.

Farinha com azeite de dendê. Penas de galinha preta. Quatro pratas de mil-réis e quatro vinténs. Cabelos que pareciam de sovaco ou carapinha de negro. Uma calça de mulher.

— Que despachão!

Fitaram o espanhol compadecidos. A cólera de Ogum e dos outros orixás cairia, sem dúvida, sobre ele.

O anarquista perguntou:

— Quem quer os quatro mil-réis?

E, como ninguém os quisesse, ele juntou as pratas e meteu-as no bolso.

Foram passando aos poucos. O resto da coisa-feita se incorporou ao lixo da escada.

4

QUANDO O AUTOMÓVEL PEGOU NAIR NA RUA CHILE e a mandou para a Assistência com as costelas rebentadas, a negra recordou:

— Eu bem que disse que aquele despacho era para ela.

Fez o pelo-sinal e resmungou:

— Esse gringo pagão que buliu no despacho vai ter fim ruim. Bulir em feitiço... Deus me livre.

E se benzeu de novo...

5

RUTH ENCOSTOU-SE NA MESINHA E LEU
DUAS VEZES. Botou a rolha embaixo do tinteiro para o resto es-
palhado da tinta se reunir. Amarrara uma pena escarranchada a
um lápis, improvisando uma caneta. Curvou-se sobre o papel
almaço (comprara um caderno na venda de Fernandes por quinhentos réis) e com dificuldade começou a escrever. Mal apren-
dera as primeiras letras e nenhum trabalho lhe era tão penoso
como aquele... Mas... que jeito? Suava como os carregadores do
porto e a pena rangia enquanto ela tentava fazer a:

Cópia da corrente de Santo Antônio

*Continue esta corrente e mande a 13 pessoas inteligentes e de boas qua-
lidades a quem deseje boa sorte e felicidade. Esta corrente foi iniciada na
França por um militar de origem americana e deve fazer girar pelo mundo
aos fiéis de Sto. Antônio. Se for possível, 24 horas depois de receber esta,
faça uma cópia e envie a qualquer pessoa de sua amizade. Não quebre esta
corrente; se a fizer, Sto. Antônio lhe ouvirá em todas as suas necessidades.
Para o glorioso taumaturgo Sto. Antônio de Pádua lhe conceder grandes
milagres, reze 13 credos por dia, faça 13 cópias como esta (1 por dia) e
mande a pessoas amigas. A presente pode ser traduzida em qualquer idio-
ma. Peça ao taumaturgo Sto. Antônio de Pádua uma graça por dia, que
lhe será concedida. Depois dos 13 credos diga as seguintes jaculatórias:*

Sto. Antônio de Pádua,
tende piedade de nós.

Sto. Antônio de Pádua,
peça a Jesus por nós.

Sto. Antônio de Pádua,
protegei a todos nós.

SUOR

1

O MÉDICO SAIU APRESSADO. A MULHER PUXOU-O PELA MANGA do paletó, toda pálida, acompanhada da escadinha de filhos.

— Doutor, pelo bem dos seus filhos, me diga se meu marido se salva.

O médico botou o chapéu e olhou os meninos. Seis garotos.

— Quantos anos tem este mais velho?

— Meu Joaquim vai morrer, doutor?

— Não... Ele fica bom, não tenha medo... Quantos anos tem este menino?

— O João... Chama João por causa do avô... Tem dez anos...

— Crescimento de seis anos...

A mulher não entendeu.

— O menorzinho tem oito meses.

— E outro para chegar, não é?

Ela abaixou os olhos, envergonhada. O homem gemeu no quarto.

— Eu volto à tarde. Compre os remédios.

Ia saindo, voltou-se, chamou a mulher:

— Tem dinheiro para os remédios?

— Sempre tenho um dinheirinho aí da lavagem de roupa.

— Está bem. Eu volto de tarde.

Foi descendo entre as crianças imundas e inúmeras. Sentia-se incomodado com aquelas barrigas grandes, cheias de vermes, aquelas bocas pequenas, de dentes quebrados, vestidos de restos de calças e de camisolões de chita. Pensou nas instituições de caridade, de proteção à infância, na campanha contra o analfabetismo.

2

A PORTA ESTAVA CHEIA.

O negro Henrique, Chico, o dos dentes de fora, Álvaro Lima, Artur, o propagandista e outros faziam a atmosfera irrespirável.

O dos dentes de fora contou as novidades:

— O doutor disse que Joaquim fica cego. Não morre não, mas...

— Era melhor que morresse.

— Tem seis filhos.

— Coitada da mulher dele: vai morrer de tanto lavar roupa. Sustentar sete bocas...

— Puta merda!

Álvaro Lima perguntou:

— Vocês sabem como foi o desastre?

Um companheiro de Joaquim contou em voz alta, como se fizesse discurso:

— Ele trabalhava no Garcia, ajudante de pedreiro. Távamos fazendo um sobrado para um doutor que queria o serviço ligeiro. Joaquim tava trepado no andaime, aparando os tijolos que o Zé Mãozinha jogava cá debaixo. Aquilo é até divertido. O sujeito soltou um tijolo, o outro já vem. É ligeiro como o diabo.

A assistência aumentava. Homens se apertavam na porta. Outros sentavam na calçada.

— O doutor foi visitar os trabalhos. Achou tudo atrasado. Xingou a gente de preguiçoso, de ladrão... Que a gente tava roubando o dinheiro dele sem trabalhar. Eu só queria ver ele lá em cima aparando os tijolos...

— Exploradores!

— Mandou apressar tudo. O Zé Mãozinha, que tava jogando os tijolos, aumentou a ligeireza... Joaquim se atrapalhou, o tijolo bateu no meio da testa, entupiu os olhos de poeira, ele caiu do andaime... Que queda, gente! Parecia um saco...

Os outros estavam silenciosos, espiando. Havia mãos crispadas. O homem continuou:

— A Assistência demorou, a gente botou Joaquim num caminhão, trouxe pra casa. A polícia apareceu logo. Prenderam Zé Mãozinha, coitado!

— E o doutor ficou lá?

— Pegou no automóvel, veio embora…

— Filho da puta!

Álvaro Lima se levantou e falou:

— Camaradas! É preciso acabar com as explorações. Nós somos muitos, pobres, sujos, sem comida, sem casa, morando nesses quartos miseráveis. Explorados pelos ricos, que são poucos… É preciso que todos nós nos unamos, para nos defender… Para a revolução dos operários… É preciso que os operários se juntem em torno do seu partido, para acabar com as explorações… com os governos podres e ladrões… Fazer um governo de operários e camponeses… Olhem para o caso do Joaquim. Porque o doutor queria a casa mais depressa, um homem está cego, outro na cadeia…

— E os filhos…

— Os filhos na miséria… Abaixo a exploração!

3

O MÉDICO VOLTOU VÁRIAS VEZES. A FAR-MÁCIA LEVOU o resto do dinheiro. Os vizinhos de quarto passaram a dar comida aos meninos. Afinal, um mês depois, Joaquim morreu. O dos dentes de fora fez uma subscrição para o enterro que muitos acompanharam a pé. A mulher se agarrou com o caixão, mas teve de largá-lo para atender os filhos que pediam comida. Só o mais velho, enfezado, de barriga inchada e olhos fixos, parecia compreender.

Uma mulher quis saber de que ele tinha morrido. Foi o Vermelho quem respondeu:

— Quem matou foi um ricaço.

— Por quê?

— Porque estava nervoso.

O menino puxou o Vermelho:

— Quem foi que matou papai?

— Os ricos...

Os olhos do menino brilharam.

A viúva chorava, dando de mamar ao de oito meses.

4

COM OS FILHOS EM VOLTA, ELA COMEÇOU A NÃO DAR CONTA DO TRABALHO. A freguesia rareou. As patroas queixavam-se da falta de lenços e meias, e de botões arrancados nos ternos brancos. E veio o impaludismo e a derrubou.

Quando viu que os vizinhos não podiam mais ajudá-la, levantou-se, apesar da febre, e correu os bairros chiques, carregando o filho de oito meses e o seguinte requerimento, redigido por Pega-pra-capar:

Meus caríssimos irmãos!

É penhoradamente que venho sob sobejetivo destas pedir aos meus distinctos Heroes-Brasileiros uma obra da Vossa caridade auxiliar em um Adjutorio quarquer uma pobre Viuva que se achando com Seis filhos. Desempregada, Sem dinheiro, passando fome, Vem vos pedir pelo amor de Deus, pelo amor dos vossos Paes e filhos não deixarem de favorecer-lhes no que poder.

Aceitamos roupas.

Deus os favoreça.

Alguns davam níqueis, outros diziam "hoje não tem". Ela respondia sempre:

— Deus ajude todos desta casa.

Numa casa da Barra, palacete com mangueiras na frente e

bancos sob a sombra, a empregada levou o requerimento. A mulher sentou-se no portão da garagem para amamentar o menino. Ouviu risos lá dentro e ruído de talheres. Ela ainda não tinha almoçado, suava e os pés doíam-lhe da caminhada. As gargalhadas, dentro da casa, redobraram. Alguém disse:

— É gozadíssimo este requerimento... Quantos erros de gramática.

Uma voz de mulher repreendeu:

— Solta esse papel, Jerônimo! Deve estar cheio de micróbios...

A empregada apareceu, trazendo o requerimento. Entregou-o e desculpou-se:

— A patroa disse que hoje não tem. Volte outro dia.

Já ia embora quando abriram o portão da garagem e um automóvel apareceu, com um casal dentro. A mulher deu um pulo para não ser esmagada. O chofer reclamou:

— Sai daí, traste!

O casal olhou desconfiado.

— O que é que está fazendo aí?

— Eu sou a mulher do requerimento... Já ia embora...

A esposa sussurrou:

— É capaz de ser uma ladrona...

Mas a mulher ouviu:

— Ladrona não, senhora.

— Cale a boca!

— Ladrona não, senhor. Meu marido morreu porque um ricaço tinha pressa. Eu estou doente mas não preciso do seu dinheiro amaldiçoado.

— Puxa daí, senão chamo o guarda.

— Chame quem quiser! Ladrões são vocês, que enriquecem com o nosso suor! Ladrões! Esse automóvel foi comprado com o suor de meu marido!

O homem deu uma ordem ao chofer e o carro partiu silencioso pelo asfalto. A mulher ainda gritou:

— Ladrões!

Aconchegou o filho ao peito e seguiu a caminhada.

5

ARTUR EMPURROU A COBRA PARA DEN-
TRO DO CAIXÃO e sentou-se em cima. O propagandista tirou o paletó branco, colocou-o sobre a cama e procurou, entre as bugigangas
que enchiam uma caixa, a agulha e o novelo de linha. Pegou a agulha
com a mão esquerda e com a direita tentou enfiar a linha no buraco
invisível. Artur levantou-se e foi lavar o rosto ainda caiado de pó e
manchado de vermelho. Quando voltou, o propagandista remendava
a manga puída do casaco. A cobra botava a língua fora das grades.

— Você precisa arranjar uma mulher.

O propagandista se admirou:

— Você acha, hein? Com as coisas como vão… Nunca vi nada
assim. A gente daqui há dias passa fome…

— Menos Genoveva — apontou para a cobra.

— Enquanto houver rato ela engorda.

— Nós vamos acabar como ela…

— Como?

— Comendo ratos.

Largou o paletó:

— Quanto fizemos hoje?

— Quase nada. Vendemos três vidros de limpa-tudo e dois
sabonetes. E trabalhamos a tarde toda…

— Nem dá pra comida.

— A coisa tá ruim mesmo…

— O jeito é esperar que melhore.

Artur caminhou pelo quarto:

— Melhorar! Isso lá melhora! Só quando vier a revolução!

— Você fala de quê?

— Da revolução dos operários… Você precisa ler isso. Veja o
que os operários fizeram na Rússia.

O propagandista apanhou o livro e começou a folheá-lo. A
noite desceu e eles não pensaram em jantar. Haviam almoçado e
uma refeição bastava. Só Genoveva, a cobra, jantava. O propagandista desceu a escada para ver se havia alguma coisa na ra-
toeira. Trouxe um rato gordo, pelado, bonito.

Artur comentou:

— Esse dava um bife de se lamber os beiços…

Virou-se e completou:

— Me caso no dia que arranjar uma mulher que coma ratos…

O propagandista soltou o rato, que correu para um canto, amedrontado. A cobra não se moveu.

— Genoveva tá sem fome.

Mas daí a pouco ouviram uns guinchos doidos.

— Genoveva resolveu jantar…

O propagandista confessou:

— Estou com uma fome, rapaz!… Me dá duzentos réis que eu vou comprar um copo de mingau…

Desceu as escadas. Artur subiu ao quarto andar e entrou no quarto de Álvaro Lima, onde outros cinco homens conversavam.

6

O HOMEM DESCIA AO MESMO TEMPO QUE ELE. PUXOU conversa quando chegaram à porta. Tinha um bafio quente que batia no rosto do propagandista de produtos domésticos. Na noite morna, sem viração, o homem parecia ter frio e escondia as mãos nos bolsos do casaco. Os olhos apagados, muito abertos, e um queixo pontiagudo.

— O senhor mora aqui?

— Moro. No terceiro andar.

— É tudo caro…

— Caro? É, sim… Mas não se arranja mais barato…

— Em lugar nenhum?

O seu queixo parecia mais fino ainda ao interrogar aflito o propagandista. Os olhos se fixaram no rosto do outro. Repetiu a pergunta:

— Não se arranja mais barato? Tudo é caro…

— Já viu no sótão?

— Não tem quarto vago…

Ficou olhando a rua, onde o ar estava parado, pesado. No entanto, ele tremia. Tirou as mãos dos bolsos, esfregou-as uma na outra e de repente disse:

— É... O senhor sabe... Tudo caro... Eu já devo dois meses de quarto... Sim, estou na rua dos Capitães... A mulher cobra todo dia. E persegue a gente. Sou eu, minha mulher, a Maria Clara, uma sergipana. E dois filhos... Acabam pedindo esmolas...

Parou, cansado, cuspiu, enterrou o chapéu na cabeça, continuou:

— Eu trabalhava pra fábrica Aurora, que faliu. Tou há três meses sem trabalho... A mulher começou a lavar roupa... mas não aguenta... Tenho de me mudar hoje, sabe? Mas tudo é caro... E querem dinheiro adiantado... Como vai ser?

Enfiou as mãos nos bolsos.

— Nessa casa vizinha terá quartos?

— Acho que não. Por que você não vai ao cortiço aqui dos fundos?

— Já fui. Tudo cheio.

Olhou em silêncio a rua. Cuspiu e esfregou o pé em cima do cuspe. O propagandista brincava com duzentos réis. Já tinha pensado em oferecê-los ao homem. Mas era tão pouco... O homem suspendeu as abas do casaco, botou uma última olhadela pela escada e se despediu:

— Bem... Me desculpe... Boa noite...

Ficou um instante indeciso, sem saber se subia ou descia a ladeira. Por fim, decidiu-se e lá foi ladeira acima. De longe o propagandista ainda o viu tremer, o queixo muito fino. E parecia distinguir a sua voz cansada e sentir o seu bafio quente. Fez, com as mãos, um gesto de desânimo. E começou também, na noite morna, a sentir frio e a tremer.

7

A ITALIANA QUE ALUGAVA OS QUARTOS DO SEGUNDO ANDAR vestia-se com umas roupas que lhe cobriam o pescoço e os braços, vestidos que quase arrastavam pelo chão, de tão compridos.

O negro Henrique, quando a enxergava, dizia sempre:

— Aquela é solteirona por vocação...

Ela passava muito espigada, sapatos pretos, óculos de aros de ouro, sem cumprimentar. Usava dentadura postiça, e só o Fernandes da venda lhe merecia um boa-noite. Quando Cabaça já estava na porta, ela deixava cair um níquel de cem réis na cuia de queijo. O mendigo resmungava agradecimentos de mistura com insultos:

— Deus a ajude, fia da puta, a se rebentar um dia nessas escadas...

A preta que vendia mingau ria a bom rir, mas a italiana não ouvia, longe que estava, em caminho da sessão espírita que frequentava. Era médium de nome e, quando o espírito a pegava, diziam que ela dançava, cantava canções picantes na sua língua, fazia gestos impudicos. Era o aparelho preferido dos espíritos de padres safados e de mulheres debochadas, que contavam a perversão da sua vida para conseguir o perdão. Raros espíritos puros desciam sobre ela e, quando caíam nessa besteira, se misturavam com os impuros, que terminavam sempre por dominá-los. Por tudo isso as sessões da rua de São Miguel eram muito frequentadas e a italiana começava a criar uma auréola de santa.

O negro Henrique debochava:

— Aquela velha é histérica, isso sim. Precisa é de homem...

E gargalhava na cara dos crentes.

8

A ITALIANA BATEU NA PORTA DO QUARTO COM OS NÓS DOS DEDOS. As pancadas soavam imperiosas, como ordens. A porta demorou a abrir. A mulher repetiu as pancadas, desta vez acompanhadas de gritos:

— Seu João! Seu João!

Responderam de dentro do quarto:

— Já vai...

A italiana conservava as mãos atrás das costas e um sorriso nos lábios quando a porta se abriu e apareceu um rosto com a barba crescida, de muitos dias:

— É a sua conta. Hoje é 18. Venceu no dia 5.

O homem passou a mão na barba, pegou no papel onde os algarismos brilhavam:

— A senhora vai ter paciência! A senhora não pode esperar até o fim da semana? Eu tenho uma promessa de emprego...

O sorriso fugiu dos lábios ressequidos da solteirona, que se apertaram, dando ao rosto uma expressão de maldade:

— Já esperei muito, seu João. Desde o dia 5. E o senhor com essa cantilena todo dia. Esperar, esperar... Per la Madonna! E eu no tenho que pagar o senhorio? No tenho que comer? No posso esperar mais... No sou mãe da humanidade...

Dizia *no* apenas, e esse *no* soava tragicamente.

Um bebê chorou no quarto. O homem coçou a barba e explicou:

— Mas a senhora sabe... A mulher teve filho na semana passada... As despesas... Por isso não lhe paguei... E fiquei desempregado...

— E eu, que tenho com isso? Por que faz filhos? Eu tenho culpa? Eu quero o quarto. Trate de se mudar, senão boto esses trastes na rua... No espero mais!

Saiu tesa, no vestido muito engomado. O homem fechou a porta, tapou a cara com as mãos para não ver a mulher, que chorava junto à criancinha, e disse de si para si:

— Eu ainda faço uma desgraça!

9

NÃO ARRANJOU QUARTO PARA SE MUDAR, NEM DINHEIRO para a italiana. Agora entrava tarde, quando ela já dormia. Ficava pelas ruas, filando cigarros de um e níqueis de outro para a comida da mulher. Para esta é que a vida virara um inferno. Não ia ao banheiro sem que a italiana gritasse:

— Mude-se! Mude-se! Vá se lavar noutro lugar!

Já não tinham água. Para dar banho no bebê, ela descia até o cortiço dos fundos, onde as lavadeiras batiam roupa. Depois, foi a latrina. A italiana agora se divertia em persegui-la. Mal a avistava, trancava a latrina e escondia a chave. O quarto andava numa sujeira horrorosa. João coçava a barba enorme, desanimado.

Um dia, quando entrou, mais de meia-noite, encontrou a italiana a esperá-lo. Ele se encostou na parede para passar.

— Boa noite.

— No me esperava me encontrar, no é? Quero que pague o quarto e vá pra rua. Se no amanhã chamo a polícia...

— Mas...

— No tem "mas"...Vem falar em emprego? Vive bebendo de noite e de dia dorme, no é. No sustento vagabundos... Pra rua! Pra rua!

— Mas minha mulher...

— Sua mulher! Sua mulher me emporcalha o quarto! No sabe fazer nada! Nem lavar roupa... Por que ela no arranja um homem? Pra isso talvez ela sirva.

João esbugalhou os olhos. Não viu mais nada. Com o soco, a italiana caiu, dando uns gritinhos miúdos. Quando viu as mãos do homem se aproximarem do seu pescoço, desabou a correr pela escada gritando por socorro. João deixou cair os braços, coçou a barba e foi para o quarto esperar a polícia.

O comissário deu toda a razão à italiana e os jornais também. Um até lhe publicou o retrato, um retrato tirado em Milão, aos dezoito anos. João foi para a cadeia e os móveis — uma cadeira, um cabide e uma cama — ficaram como pagamento do aluguel.

CRISE

1

LARGOU O VIOLINO EM CIMA DA CAMA. O CADERNO DE SAMBAS caiu no chão, dobrando as folhas. Ele não se moveu. Que lhe importava? Chegou ao buraco do quarto e ficou olhando os telhados negros da cidade anciã. As ladeiras eram os braços da cidade esticados para o céu. Ali embaixo, no centro da ladeira empedrada, ficava o Pelourinho, montado pelos colonizadores portugueses. Hoje, o pelourinho desaparecera, mas a ladeira que lhe tomara o nome era como um pelourinho também. Todos os que ali viviam passavam vida apertada, sem pão, sem trabalho. Lembrou-se de Álvaro Lima. O agitador lhe dissera que as coisas não melhorariam enquanto os operários não dominassem o país. Ouvira os seus planos de greve, de comícios. Um grupo de homens sujos e suados subia a ladeira. Pela primeira vez o violinista compreendeu o que seria a revolta daqueles homens explorados. No dia em que eles descobrissem...

Abandonou a janelinha e aproximou-se da cama. A noite caía e ele não se lembrou de acender a vela. Tirou o violino da caixa, passou os dedos finos pelas cordas, articulando um som que bateu nos seus ouvidos; como a queixa de homens suados. Andou até o espelho, alisou o cabelo. Fitou o retrato que pendia sobre o espelho. Com o crepúsculo, mal visível, sua mãe parecia mais velha, mais acabada, desanimada de tudo. Recordou-se das viagens gloriosas que sua imaginação fazia diante do espelho e do retrato... Afastou os demais pensamentos e tentou viajar. Paris... Por que seria que os jornais pouco falavam dele? Berlim... As moças não vinham pedir autógrafos. Viena... A multidão não o esperava mais... Por que seria? A multidão estaria empenhada numa revolução? A sua excursão não alcançou sucesso. Voltou para a realidade de coração magoado, com a tristeza dos velhos artistas esquecidos pelo público. O retrato de sua mãe escondia-se nas trevas. Um cheiro de mofo invadia o quarto, com a noite. A lata de brilhantina estava vazia.

Andou pelo quarto sem querer pensar. Abriu a porta, marchou em direção à escada, voltou. A tuberculosa tossiu no quarto dos fundos. Era uma tosse fina, quase sem forças. Vera saiu do quarto correndo, veio encher um copo de água. O violinista cumprimentou-a. Ela respondeu coisas ininteligíveis:

— … minha irmã… minha irmã…

— Hein?

Mas ela já regressava, porque a tuberculosa tornara a tossir, fazendo silenciar a máquina do quarto de dona Risoleta. O violinista ouviu a voz de Julieta.

— Coitada! Está nas últimas…

Ele voltou para o silêncio pesado do quarto. Agora ouvia os passos dos homens que subiam. Pegou o violino e acariciou-o com os dedos. Novamente um som de queixa se escapou. Só então ele recordou o fato daquela tarde. O gerente do Café Madrid o chamara para dizer que, devido à crise, a casa tinha resolvido dispensar um violinista. Como o outro, apesar de não tocar tão bem, estava há mais tempo no café, ele fora sacrificado. Fizera-lhe apressadamente as contas, passara-lhe quarenta e oito mil e quinhentos, seu saldo, batera-lhe com a mão nas costas e lhe dissera, em tom de consolação:

— Você arranja trabalho com facilidade, rapaz.

Ele ficara como besta, parado, uns minutos. Na rua se refez do abalo. Iria procurar trabalho num botequim qualquer. Não havia de ser difícil. Foi quando encontrou o Borges, um velhote que fora seu professor e tocava para um cinema. Quase não o reconhecera, de tão mudado que o velho estava. Perdera aquele ar solene de antigamente, aquele andar seguro. Não usava mais bengala de castão de ouro, presente de admiradores entusiastas. E o bigode, seu grande e belo bigode branco, abatera sobre os lábios, dando-lhe um ar de trágica humilhação.

— Você!

— Professor Borges!

O velho contou-lhe a vida. Com a vinda do cinema falado perdera o emprego, que exercia há quinze anos. Tocara num reles café uns dias, mas fora substituído por um rádio. E, para a família não passar fome, vendia pules de bicho. Detestava aquele emprego, mas era o jeito. Fora obrigado — isso era o que mais lhe doía — a tirar a Isaura do conservatório, onde ela ia tão bem, no sexto ano. Concluiu:

— Você ainda tem sorte. Está empregado. Não perca esse emprego... Porque arranjar outro não arranja...

— Já perdi...

— O que é que está me dizendo?

2

A NOITE ENCHIA O QUARTO. OUVIA AS CONVERSAS NOS QUARTOS vizinhos. Mulheres vinham buscar água na pia. Uma palavra dita em voz alta ficou na escuridão do quarto: CRISE. Lá embaixo, no quarto de Álvaro Lima, operários discutiam, fazendo planos. O violinista se sentia ligado àquele operário mecânico das oficinas da Circular, que gastava o salário em livros e a existência nos comícios. Pensou que, se os operários chegassem a compreender que a crise só existia para eles e não para os ricos, as coisas mudariam.

Seus pés bateram no caderno de sambas. Agarrou-o com ódio e o rasgou em pedaços. Sambas... Foxes... E talvez já tivesse esquecido as suas músicas queridas... Acendeu a vela, tomou o violino e começou a executar a *Élégie*, de Massenet. Com grande alegria, sentiu que não a esquecera. Não viu mais nada. Sons encheram o sótão sem eletricidade, espalhando o cheiro de mijo.

Quando terminou, o toco de vela morria, mas ele ainda viu o grupo de homens e mulheres, sujos, rasgados, suados, que, no entanto, estavam comovidos e aplaudiam com força. Quis dizer qualquer coisa, não pôde. Encontrou um nó a fechar-lhe a garganta. Ficou balançando as mãos como as meninas precoces que recitam "Meus oito anos".

3

O JORNAL ESTAVA COM MUITA MATÉRIA POLÍTICA, de forma que deu apenas uma notícia de meia coluna com o retrato do morto, no necrotério. O título, em letras gordas, opinava:

> **COVARDE,**
> **COMO ESTAVA**
> **SEM TRABALHO,**
> **ENFORCOU-SE**

Vinha a notícia:

> Os moradores do sobrado nº 68 à ladeira do Pelourinho acordaram esta manhã com a notícia de que um homem se enforcara num quarto do terceiro andar.
>
> Tratava-se de Manuel de Tal, português, operário, que há meses fora despedido da Fábrica Ribeiro. Achando-se sem trabalho, devendo três meses de casa, enforcou-se nas traves do seu quarto com um lençol. O desditoso suicida contava 54 anos e há 38 residia no Brasil. Não deixa parentes.
>
> É mais um caso de covardia ante a vida. Porque perdeu um emprego, preferiu

> desertar, sem se esforçar por conseguir ou-
> tro. Porque, com o maior orgulho o dize-
> mos, se há um país onde a situação do ope-
> rário seja de absoluto bem-estar, esse país
> é o Brasil, onde não falta trabalho para os
> que não são preguiçosos.

O jornalista se esqueceu de dizer que Manuel de Tal procurara trabalho por toda a cidade e que os patrões lhe respondiam com uma única palavra: CRISE. Que o operário não comia há dois dias e ia ser posto fora do quarto etc., e outras coisas também sem importância para o jornalista provinciano, que fazia versos e tinha de ir entrevistar o capitalista Rômulo Ribeiro, que partia para a Europa em viagem de recreio.

4

COMO SENTISSE UMA DOR MAIS VIOLENTA NAS PERNAS, dona Risoleta parou a máquina e olhou pelo bura-co. As últimas estrelas sumiam, com medo da manhã que se apro-ximava. Largou o vestido quase pronto, tirou os óculos e murmu-rou, com certa vergonha de si mesma:

— Amanhã acabo…

Enquanto tirava a roupa e vestia o camisolão de dormir, ma-tutava em como faria Linda se virar para o canto, deixando-lhe metade da cama de solteiro, sem a acordar. Parou, olhando a afi-lhada. Linda andava bem mudada ultimamente. Não deixara que ela auxiliasse a igreja de Nossa Senhora do Brasil, preferindo dar o dinheiro para a tuberculosa, fizera as pazes com Julieta e deixa-ra os seus romances, trocando-os por livros esquisitos que o pre-to Henrique e o judeu velho lhe emprestavam. E falava em tra-balhar, em costurar. Dona Risoleta não podia compreender a mudança rápida e completa. Criara a afilhada com mimos de menina rica. Enquanto puderam, haviam morado numa casinha no Tororó, com boa comida e boa escola. As coisas viraram, ela teve de costurar para viver. Andaram por ceca e meca, até parar no sótão do 68. Um hábito, porém, conservara — o de não deixar Linda trabalhar. Sonhava um noivo rico para a afilhada. Fazia promessas a santos poderosos e tinha esperanças em que o Senhor do Bonfim atendesse aos seus desejos. Agora, era Linda mesma quem estragava seus planos, com ideias de trabalhar. Não sabia explicar a mudança da afilhada e se afligia. A dor nas pernas aumentou. Empurrou Linda devagarinho e deitou-se.

5

— JULIETA!

— O que é, meu bem?

— Dindinha…

Ficou olhando a outra com os olhos abertos, fixos, num espanto enorme. Era a primeira vez que aquilo acontecia. Costumava acordar para o café que dona Risoleta aprontava, de manhã cedinho. A madrinha madrugava sempre, era costume velho. Aquela manhã, porém, ela fora a primeira a levantar. Dona Risoleta estava com as pernas entrevadas, incapazes de qualquer movimento, e ardia em febre. A máquina de costura, parada, enchia o quarto de um silêncio que não era habitual. Linda ficou como doida. Julieta e Júlia foram ao quarto, onde a doente parecia pedir desculpas de não trabalhar.

— Então, o que é isso, dona Risoleta?

— Sei lá, minha filha! Deve ser coisa de pouca monta… Amanhã estou boa… O pior é o vestido de dona Virgínia… Tenho de entregar hoje…

Julieta se ofereceu:

— Não se importe. Eu acabo o vestido.

Voltou-se para Linda, que parava inútil junto à cama:

— Vá buscar o médico. Eu fico aqui acabando o vestido.

— Não sei como lhe agradecer.

— Tem disso?…

6

FICOU COM AS PERNAS ENTREVADAS. O
ÚLTIMO DINHEIRINHO FOI-SE EMBORA com os remédios.
Linda tentou costurar, mas não tinha jeito para aquilo. Um dia, venderam a máquina, que as sustentou um mês. Linda procurava emprego por toda parte. Queria ser caixeira de uma loja, garçonete de um botequim. Mas ouvia sempre, como resposta, a palavra *crise*, que se tornava o seu pesadelo. Julieta a ajudou. Primeiro com dinheiro, depois com mantimentos. Para as vizinhas, porém, as coisas também estavam ruins. Mal chegava para a comida... E um dia Linda não teve nada para botar no fogareiro. Teve vergonha de recorrer a Julieta mais uma vez. Dona Risoleta olhava, da cadeira de balanço, com um olhar tímido, de quem se sente culpada. Linda se abraçou com ela, rindo, querendo alegrá-la, mas a tuberculosa tossiu lá dentro e Linda tremeu toda, com o mesmo nervoso da madrinha.

7

ÁLVARO LIMA SUBIU AS ESCADAS DEVAGAR. CUMPRIMENTOU a moça de azul que descia silenciosa, encostada à parede. Um grupo de homens, no pé da escada, susteve a conversa e abriu alas para ela passar. O negro Henrique comentou:

— Ela chorou de novo...

Álvaro Lima encontrou a surda-muda no terceiro lance da escada. Parou, buliu com a mulher. Ela riu com os olhos diabólicos. Álvaro Lima gritou:

— Que desgraça aconteceu?

Ela balançou a cabeça, sentou no degrau, endureceu as pernas. Aproximou a mão da boca e mastigou. Depois fez com a cabeça que não... E riu o riso mau de escárnio.

Álvaro Lima não compreendeu.

— De que diabo você está rindo?

Sebastiana não ouviu e continuou a rir, os olhos pequenos cintilando de gozo, de pura alegria, porque ela estava dizendo que a entrevada do sótão não tinha o que comer.

8

FOI O DOS DENTES DE FORA QUEM EXPLICOU A ÁLVARO LIMA os gestos da surda-muda. E entrou com dois mil-réis para a coleta que o agitador improvisara.

Linda a princípio não quis aceitar, mas Álvaro Lima disse que era empréstimo, que ela pagaria logo que pudesse. Viu um livro em cima da cama. Um volume sobre a situação da mulher na Rússia.

— Está lendo aquilo?

— Foi Isaac que me emprestou.

— Está gostando?

Ela ficou silenciosa. Álvaro Lima fitou-a sério.

— Eu sempre lhe tomei por uma garotinha preguiçosa, mas agora você está entrando no bom caminho...

Dona Risoleta olhava da cadeira, sem entender.

Depois passaram a conversar mais longamente. Álvaro Lima explicando coisas que muitas vezes Linda não percebia. Os fatos de todo dia porém ela os sentia e eles trabalhavam-na melhor do que a linguagem do agitador. Linda gostava de Álvaro Lima e nem se admirava de ele nunca lhe dirigir uma palavra de galanteio.

9

A MALETA DE SABONETES PARA A PELE E DE VIDROS DE LIMPA-TUDO descansava em cima do caixão da cobra. Artur, estirado na cama, um dos cotocos dos braços raspando a parede, considerava a inutilidade da maleta. Não vendiam mais nada. Nos últimos dois dias nem haviam saído. Gastavam o sapato e ficavam roucos, sem que vendessem um único sabonete, um único vidro de limpa-tudo. Era a fome em perspectiva. Cabaça, o mendigo que dormia sob a escada, já o convidara mais de uma vez para mendigarem de sociedade.

— Você parece um fantasma com esses cotocos. E os ricos têm medo de alma do outro mundo...

O propagandista entrou e ficou esperando a pergunta de Artur. O outro, porém, num absoluto desânimo, não perguntou nada.

— Pois hoje, rapaz, fui mais feliz...

— Hein?

— É verdade. Arranjei trabalho pra nós todos.

Artur levantou-se:

— Conte esse negócio!

— Vamos fazer a propaganda da Casa das Fazendas.

E explicou que o proprietário queria uma propaganda que chamasse a atenção da cidade. "Coisa que faça rir... Um casamento de tabaréus, por exemplo..." E ficara acertado tudo. A farsa percorreria as ruas da cidade, fazendo a propaganda da Casa das Fazendas.

— Eu farei o noivo, você o padrinho. A casa fornece a chita para as vestimentas. Só falta a noiva. Tem de ser uma pequena bonita. O homem só aceita assim.

Artur andou pelo quarto:

— Você conhece essa mocinha aí do sótão? Ela está procurando emprego...

— A afilhada daquela solteirona costureira? É bonitinha, mas não serve. Muito besta...

— É boa menina. Eu garanto por ela.

— Então fale você. Dez mil-réis por dia... Mas eu duvido que ela aceite porque...

Silenciou uns segundos.

— ... porque é ridículo demais esse casamento. É para bancar palhaço...

— Ora, quem precisa...

10

LINDA SE ACHAVA TREMENDAMENTE RIDÍCULA. AQUELE CHAPÉU que lhe ornava a cabeça de flores e os lírios pendentes do vestido de chita sufocavam-na. As faces pintadas de vermelho, os olhos baixos de vergonha. Sentia-se sem jeito, queria desistir, não dava para aquilo. Parecia que todos os soluços do mundo tinham vindo habitar a sua garganta. Os sons dos instrumentos dos quatro músicos que puxavam o préstito reboavam na sua cabeça. O propagandista ia de fraque velho, calças no meio da perna, chapelão de palha. Artur, com flores amarradas nos cotocos dos braços e a calva pintada de vermelho, dizia piadas para a multidão rir, intercalando anúncios da Casa das Fazendas. Atrás deles, dois homens seguravam um imenso cartaz:

CASA DAS FAZENDAS

Completo sortimento de sedas
Noivas! Comprai vosso enxoval na

CASA DAS FAZENDAS

Visitai a CASA DAS FAZENDAS
O maior estoque. Os melhores preços

11

LINDA FAZIA SUCESSO. ENVERGONHADA, TRISTE, PARECIA aos transeuntes que ela representava perfeitamente o seu papel. Riam. Diziam piadas. Ela seguia muda, de olhos baixos. Alguém comentou:

— É o tipo da tabaroa...

— Quem é?

— Deve ser alguma atriz.

Estudantes e velhos diziam-lhe graçolas imorais. Na rua Chile, sentiu que a beliscavam. Os soluços quase lhe fugiram da garganta. No fim da caminhada, porém, a vergonha desaparecera, deixando lugar para um ódio surdo, que lhe transformava os olhos. Nunca mais Linda sonhou com casamentos. Nunca mais foi à igreja. E começou a trabalhar com o propagandista, calada, séria, sentindo-se irmã de toda aquela gente que morava no 68, operários, árabes, vagabundos, doentes, costureiras, prostitutas.

K. T. ESPERO

1

O LETREIRO, COM O NOME DO CORTIÇO, ERA DE LETRAS DESIGUAIS, azuis e vermelhas, umas mais altas, outras mais baixas. Quem entrasse dava com ele pendurado na varanda do primeiro andar. Pouca gente sabia, porém, que nos fundos do 68 havia um cortiço. O corredor escuro de entrada ficava por baixo da escada e servia também para a família de Fernandes, que morava no andar térreo do prédio, atrás da venda. Às vezes, quando algum morador se recolhia mais tarde, tropeçava em Cabaça ou metia os pés numa poça de água. No corredor, homens mijavam e cachorros e gatos cagavam. O preto Henrique o apelidara de Galeria da Sujeira.

Dois andares com dezesseis casas. Casas — como constava do recibo mensal apresentado pelo proprietário do 68.

Recebi da senhora Ricardina de Tal a quantia de 30$000 proveniente de um mês de aluguel da casa 16 da avenida K. T. Espero na ladeira do Pelourinho, número 68.

Também, somente o proprietário chamava aquilo casa. Os moradores diziam "meu buraco". E tinham razão. Todas do mesmo tamanho, oito embaixo, oito suspensas sobre as primeiras, as paredes de tábua, os telhados de zinco. Quando o sol batia parecia que o cortiço ia incendiar. Então ninguém podia tolerar os apartamentos abafados, uma sala, um quarto, e um simulacro de cozinha, onde, sobre quatro pedras, descansava a panela de feijão. Alguns possuíam fogareiros velhos, comprados a ciganos ladrões. Na frente do cortiço, um pátio cimentado com um tanque d'água servia de quaradouro às lavadeiras, de parque de diversões para as crianças e de leito nupcial para gatos líricos e cachorros sem-vergonha, que as mulheres enxotavam a pedradas, enquanto os homens riam a bom rir. Naquele pátio ganhava a vida a grande maioria dos habitantes do K. T. Espero, pois quase toda a população do cortiço era formada de lavadeiras e engomadeiras, que ajudavam os maridos operários no sustento da casa, entrando muitas vezes com a maior parte. Havia ainda um capinzal, que chamavam generosamente de quintal, onde uma pimenteira dominava solitária. Atrás, um pequeno prédio em forma de cúpula de igreja, a padaria árabe clandestina, com ótima freguesia. O pátio nem sempre estava à inteira disposição das mulheres. Já por duas vezes o proprietário o alugara a levas de imigrantes, que nele estendiam as suas esteiras para comer rapadura e dormir, enquanto esperavam navio que os levasse para a escravidão das fazendas de cacau, de Ilhéus, Belmonte e Canavieiras. Como não valia a pena protestar, as lavadeiras quaravam a roupa na varanda, nas salas e nos quartos, secando o resto a poder de ferro quente, o que lhes trazia uma despesa bem maior de carvão.

2

DOS REIS VIROU A CABEÇA E A TROUXA DE ROUPA CAIU NO CHÃO. Sentou-se no caixão de gás, estirou as pernas cansadas e desamarrou o nó do lençol que enrolava as outras peças.

O cortiço estava silencioso. Era segunda-feira, os homens saíam cedo para o trabalho, as mulheres corriam as casas dos fregueses recolhendo a roupa suja, que levariam no sábado, de volta, lavadas e engomadas.

Começou a separar a roupa, freguês por freguês, conferindo cada rol para que depois não fosse obrigada a pagar camisas de seda e toalhas de banho.

O marido se buliu no outro quarto, chamou:

— Dos Reis! Dos Reis!

— O que é?

— Você já chegou?

— Ainda não... — respondeu rindo.

O homem veio para a sala, vestido unicamente com uma camisa de bulgariana que mal lhe chegava ao umbigo. Abraçou a mulher pelo pescoço.

— Você guentou com esse peso todo?

Ela olhou-lhe as pernas cabeludas:

— Vá botar uma calça, que é melhor! E lavar esse focinho! Tá com os olhos cheios de remela...

— Mingau das almas, meu bem...

Deitou-se em cima da roupa, puxou Dos Reis que ria como uma perdida.

— Peraí... Eu tou caindo.

— Cai no macio...

Ficaram abraçados, sem sentir o cheiro que se desprendia da roupa suja.

— Olha a porta que está aberta!

— O que é que tem?

O papagaio de sinhá Ricardina soltou uma gargalhada dobrada na última casa do cortiço.

Dos Reis disse, num fim de voz:

— Tá vendo, burrão?

O marido deu-lhe um beijo de despedida e saiu. O papagaio de sinhá Ricardina gritou:

— Tabaréu!

Dos Reis chegou até a varanda e acenou um adeus ao homem que desaparecia.

3

TRABALHADOR DO CAIS DO PORTO, SÓ VOLTARIA PELA MANHÃ.

Um navio alemão entraria ao meio-dia e seria descarregado

durante a tarde e a noite. Dos Reis imaginava o marido pegando os caixões que o guindaste arrancava do porão. Voltava sempre negro de carvão, a roupa suada, desprendendo um cheiro que não se parecia com nenhum outro.

Dos Reis dissera certa vez:

— Você tá cheirando a cachaça podre…

— Você já viu cachaça podre?

Dos Reis tinha um medo supersticioso dos guindastes, com os seus cabos de aço e bolas de ferro. Mais de um homem morrera sob aqueles monstros negros e, toda vez que o marido saía para o trabalho, o coração da mulher se confrangia, um arrepio lhe percorria o corpo moreno. Passava a tarde inteira inquieta, esperando a notícia triste da morte do seu homem sob a máquina. Trabalhava nervosa, mal respondendo às perguntas das companheiras. Só se acalmava quando o marido entrava com aquele cheiro esquisito impregnado na roupa e no corpo. Assim mesmo, apalpava-o todo. Ele sorria do seu receio, mas ela tinha certeza de que ainda aconteceria uma desgraça e rogava que ele deixasse aquele trabalho, senão ela não teria sossego.

— Não seja tola, Dos Reis. Acontece nada!

— Mas eu tenho medo…

— E arranjar trabalho agora tá tão difícil…

— Se aparecer qualquer trabalho noutro lugar, você larga o cais?

O homem prometia:

— Se arranjar, deixo…

— Eu ficava tão contente…

— Você é uma tola!

No outro dia, lá ia ele para a descarga de navios de nomes estrangeiros que dizia estropiando a pronúncia. Dos Reis ficava aflita, nervosa, voando até a porta da rua do 68 mal ouvia a sineta da Assistência. E a corrida começava a tornar-se difícil para ela, com o barrigão de sete meses.

4

CANTAVAM ENQUANTO ESFREGAVAM SA-
BÃO NAS CUECAS E CAMISAS, enquanto torciam as peças, enquanto botavam patchuli na água de enxaguar para a roupa ficar
cheirando. Certos fregueses não gostavam, dizendo que patchuli fedia a negro.

Mulheres do sótão e dos demais andares, que também viviam
de lavar roupa, se juntavam às dez lavadeiras do K. T. Espero e,
quando não cantavam, conversavam com grande gasto de queixas
e de risadas. Mulatas, portuguesas, árabes, velhas e moças, comen-
tavam a vida dos fregueses, sabiam de tudo que se passava no prédio, se queixavam umas às outras, maldiziam a existência e, juntas,
iam à sessão grátis do Olímpia. Amarravam os vestidos nas coxas
ou vestiam calças abandonadas pelos homens. Envelheciam depressa, sob o sol que as castigava duramente nas tardes de verão.

Apesar de dizerem que a velha árabe do sótão, a mais afregue-
sada das lavadeiras, era amasiada com o filho e tirava o sujo da
roupa mas o juntava no corpo, que Dos Reis era pancada, que
Josefa deitava com os homens para quem lavava, que Vitória apanhava do marido — existia entre elas uma solidariedade que as
levava a emprestar sabão à companheira sem dinheiro e a emprestar trabalho àquelas de freguesia reduzida. Estas, quando conse-
guiam freguesia boa, pagavam o trabalho emprestado nos dias
maus. Até mesmo à velha Maria, antipatizada por todas, elas ajudavam. Sabiam que não receberiam paga. A velha fazia era rogar
praga aos molecotes, filhos das outras, que pisavam na roupa estendida no pátio.

5

REALMENTE, POUCAS VEZES A VELHA
MARIA PEDIA AJUDA. A sua freguesia era das maiores. Lavava
para uma imensidade de estudantes que enchiam as pensões do
Terreiro e da rua do Bispo. Com eles, era de uma humildade
cheia de rapapés. Tratava-os de modo bem diverso do usado para

com as lavadeiras e seus filhos. As mulheres não gostavam de lavar para estudantes, conhecidos como caloteiros e demorados no pagamento. Preferiam labutar com as donas de casa, mães de família que regateavam no preço, mas pagavam.

A velha Maria, ao contrário, trabalhava unicamente para estudantes e conseguia receber sem atraso. Ela mesma nunca ia receber. Mandava a filha, a Celuta, garota de treze anos, resignada, com os braços marcados das pancadas e dos arranhões da mãe. As suas coxas e os seus seios pequenos é que não guardavam marcas das apalpadelas dos estudantes. Os seus lábios não sentiam nenhum sabor naqueles beijos e naquelas dentadas. No começo, chegaram a inchar. Demorara a se acostumar com o estranho método que a mãe utilizava para receber as contas. A poder de pancada e de tempo, porém, se resignara e chegara à mais absoluta indiferença. A sua única alegria consistia em fazer vestidos para a boneca aleijada de um braço que Pega-pra-capar lhe dera. Sabia que lhe estava reservada a mesma sorte da irmã, cedo deflorada por um estudante em véspera de formatura (diziam que a velha arrancara quinhentos mil-réis do pai do rapaz, para não fazer escândalo), que, depois de rolar nos braços de todos os outros fregueses, terminara na ladeira do Tabuão com o filhinho de dias e as pragas da velha Maria. Celuta se resignara, porém, e nem pensava no que viria a acontecer. Pensava, sim, em se livrar das pancadas da mãe que, apesar de velha e magra, possuía a força de um homem.

6

VITÓRIA TRABALHAVA SOFREGAMENTE, LAVANDO UMA MONTANHA de roupas. Pedira trabalho emprestado a todas as outras e os braços não paravam, esfregando o sabão enrolado em folhas de melão bravo. Nem ligou para o comentário de Josefa.

— Seu Luciano parece que caga nas cuecas... Não há sabão que aguente...

— Ué! Isso não é nada! Se você lavasse para o dotor Pires...
Que gente mais porca! Os lençóis da cama só muda de quinze em
quinze dias... Uma sujeira!

E a conversa se estendia sobre a casa dos fregueses, a sua rique-
za, o seu luxo. Vitória não ouvia, porém. Só abriu a boca para xingar um gato que passara sobre uma toalha estendida para corar.

— Sai, gato! — e jogou o tamanco.

Na última semana, quando o marido chegara bêbedo, arrastara-a
da tábua de engomar. Só queria se deitar com ela. Vitória resistiu,
tinha muita roupa para passar. Ele zangou, deu-lhe uns tabefes.
Quando ela voltou, com os olhos doidos de chorar e a saia amassada,
o ferro tinha queimado a camisa de seda do dr. Almeida.

A patroa orçou o prejuízo em cinquenta e cinco mil-réis.

7

APESAR DE O CORTIÇO FICAR UM FORNO
QUANDO FAZIA SOL, os habitantes preferiam os dias quentes
aos de chuva. Porque a água entrava pelos buracos do zinco, ala-
gava as casas. E o vento assobiava nas paredes de tábua. Ficava
uma imundície. Ruim com o sol, pior com a chuva. Reclamavam
ao proprietário, seu Samara, que respondia:

— Onde encontrariam coisa melhor por trinta mil-réis?

Joaquim Zarolho comprou um papagaio e ensinou o bicho
a dizer:

— Cá te espero... Cá te espero...

— A quem, meu louro?

— A seu Samara... A seu Samara.

— Pra quê, meu louro?

— Para morar aqui... Para morar aqui...

Joaquim Zarolho, porém, demorou pouco no cortiço. Um dia,
foi preso por malandragem e nunca mais se falou nele.

INQUILINOS

1

VÁRIOS INQUILINOS DO 68, QUANDO SE MUDAVAM, deixavam atrás de si um rastro de lenda, histórias que as mães contavam aos filhos e se espalhavam pelas ruas circunvizinhas.

O preto Temístocles foi um deles. Quando saiu, a sua bagagem consistia apenas em fetiches africanos e material para feitiços. As mães relatavam que, no tempo do negro Temístocles, muita gente importante da cidade subia as escadas cheias de ratos para consultá-lo. Ele não saía do quarto, a não ser para ir à latrina. Um molecote comprava feijão e carne-seca que o preto preparava no fogareiro do quarto. Dizia-se que clientes ricos levavam-lhe presente de frutas finas e de doces caros. No dia da sua mudança, toda a população do prédio se apertou na escada para vê-lo passar. Afirmavam as histórias que ele nascera na África, fizera há muito cem anos e fora escravo em Santo Amaro.

A locatária do segundo andar — Dulce se recordava perfeitamente — lhe contara a história do preto após lhe dizer que o quarto tinha tradições. Um quarto que dava sorte. A última inquilina foi uma francesa de meia-idade que viera decadente da rua de Baixo. Pois, ali, parecera readquirir a mocidade. Não lhe faltava homem, fora pontual nos pagamentos.

— E por fim arranjou um coronel, um intendente do interior, viúvo, que carregou com ela e acabaram se casando. Hoje é uma senhora rica.

Acabando de arrumar a maleta, Dulce pensava que, com ela, as coisas se tinham passado de modo muito diverso. Nem sempre arranjara homem, estava atrasada no pagamento e se preparava para a mudança. Descia de uma vez duas ladeiras, a do Pelourinho e a do Tabuão, onde ficava a sua nova casa. A ladeira do Tabuão era a última etapa. Dali, ou o necrotério ou o hospital.

Dulce não completara ainda vinte anos.

2

A PRISÃO DO SAPATEIRO ESPANHOL SUR-PREENDEU OS HABITANTES DO 68. Chegaram a pensar que enlouquecera. Unicamente raros homens que haviam conversado com ele compreenderam o ato que deu lugar ao seu encarceramento e, posteriormente, à sua deportação.

Muito retraído, metido com o seu gato e as suas brochuras, se não gozava de simpatias no prédio, não o odiavam também. Sabiam vagamente que ele era anarquista e não acreditava em Deus. Antigo inquilino, habitava o quarto do sótão há seis anos sem que fosse incomodado, apesar da sua doutrina. Pouco se falara nele, nesses seis anos. Apenas, uma vez, surrara um inglês que espancara um cachorro leprento em plena rua. Nessa ocasião, porém, nada lhe acontecera. O povo e os próprios soldados se tinham colocado ao seu lado e ele foi em boa paz. Três anos passaram sobre essa surra e há muito não se falava no assunto, quando o sapateiro voltou a ser objeto das conversas das lavadeiras e dos homens que tornavam do trabalho. Desta vez, o sapateiro espanhol não teve o povo e os soldados a seu lado. Ficaram admirados, sem entender. Só os homens que se reuniam no quarto de Álvaro Lima e o judeu velho apoiaram a atitude do anarquista e explicavam-na aos outros na porta do 68.

O que aconteceu provocou, no momento, um grande escândalo. Ninguém compreendia por que o espanhol apedrejara silenciosamente a tela do cinema num dos momentos de maior dramaticidade do filme.

Exibiam uma fita americana sobre a revolução russa. Revolucionários queimavam palácios, destruíam casas, matavam multidões de pessoas, decepavam cabeças, mutilavam criancinhas, causando lágrimas às mulheres que assistiam ao espetáculo.

O espanhol dizia para o vizinho do lado:

— Não foi assim! É uma infâmia!

Depois gritou. Ninguém o ouviu. Ele se retirou antes de terminar, mas voltou no dia seguinte com os bolsos cheios de pedras. E, no momento exato em que, provocando arrepios nas senhoras, o marinheiro de fita vermelha amarrada no braço suspendia o sabre sobre uma criancinha de meses que ria inocente, as pedras começaram a chover, rasgando a tela. Acenderam-se as luzes. Na primeira fila, um homem de bela cabeça com cabelos grisalhos, uma veia azul, que chamava a atenção, cortando a testa, dizia com voz calma:

— Isso é uma infâmia! As coisas não se passaram assim!

A polícia levou-o.

3

A PRETA VELHA QUE VENDIA ACARAJÉ, MINGAU, CUSCUZ E MUNGUZÁ na porta da rua notava o crescimento diário da ferida no pé de Cabaça. Começara a subir pela perna e de nada valiam os bolos de barro e terra que o mendigo aplicava. Cada dia a doença se alastrava mais. Ele não podia quase andar e uma passada sua correspondia a uma crispação do rosto. As esmolas aumentaram, a princípio, mas a perna passou a desprender um cheiro que afastava dele os caridosos. Desesperava-se, às vezes, e metia as unhas sujas na carne viva e podre da ferida. Os dedos saíam ensanguentados. A preta velha avisou à Assistência que, numa manhã enevoada, recolheu Cabaça, apesar dos seus berros e dos seus protestos.

À noite, o rato pelado esperou inutilmente o assobio do mendigo. Chegou a vir ao andar térreo cheirar a coberta abandonada. Cabaça não estava com o acarajé sem pimenta. E como nas noites seguintes também não assobiasse, até Pelado, o rato, apagou a figura do mendigo da sua memória.

4

DORMIA NO PASSEIO DA SÉ, MESMO QUAN-
DO AS NUVENS substituíam as estrelas no céu. Não que estivesse
contente. Mas que jeito tinha ele, senão se contentar com a cama
de jornal? As esmolas que recolhia não davam para alugar um quarto e não sabia de um vão de escada no qual pudesse dormir. Torcia
para que não chovesse e murmurava palavrões ao ver o céu sombrio, o vento levantando poeira nas ruas estreitas. E desesperava de
encontrar melhor pouso para seu sono. Onde uma porta abandonada, um telheiro sob o qual pudesse estender o jornal?

Elevavam-se, no centro da cidade, novas casas de apartamentos,
arranha-céus de dez andares que humilhavam os sobrados coloniais, mas os arranha-céus possuíam um porteiro fardado de roupa
azul com botões de general que não permitia sequer que os mendigos se aproximassem da porta de entrada para recolher um níquel.

Zefa, uma viúva que esmolava acompanhada de quatro filhos
remelentos, lhe dizia que não desanimasse. Que um dia ainda ar-
ranjaria um lugar onde descansar da colheita de esmolas. Ele pensava que seria bem melhor se amigarem e viverem juntos na casinha dela, na longínqua Cidade de Palha. Se dormiam cinco
dormiriam seis, e, demais, eles dois ocupariam apenas o lugar de
um. Não dizia aquilo a Zefa, uma timidez o impedia, as palavras
ficavam arrolhadas na garganta. Não que Zefa fosse uma beleza,
um rosto de santa imaculada que se entristecesse com uma pro-
posta de amasiamento. Possuía, porém, qualquer coisa de angustioso nos olhos, coisa que o mendigo não sabia o que era, nem por
que existia, e que, no entanto, o intimidava, obrigando-o a fitar as
mãos sujas e as muletas. Se sentia inferior a Zefa, muito longe
dela, impossibilitado de alcançá-la. Procurava-a todos os dias na
rua Chile, onde ela mendigava mostrando os filhos aos passantes:

— Tenha pena dessas crianças sem pai...

Certa manhã, com espanto dele, Zefa apareceu no seu ponto da Sé.

— Alguma coisa de novo, Zefa?

— Sei de uma porta pra você dormir.

— Aonde?

— Na ladeira do Pelourinho. O número não sei, mas é o maior sobrado da rua, pintado de cor-de-rosa, com tinta desbotando.

— Mas eles deixam pedinte dormir lá?

— Por que não?

— Se deixassem, já tinha alguém lá.

— Tinha. Cabaça... Você não conhecia Cabaça? Um velho, com uma ferida na perna... A Assistência levou ele ontem. A escada tá sem inquilino.

— Você...

Ia agradecer, ela não deixou:

— Trate de ir hoje mesmo, senão outro abafa.

5

DE NOITE, ELE CHEGOU E CUMPRIMENTOU A PRETA que vendia mingau.

— Boa noite.

— Boa noite, meu branco.

Sentou-se ao lado da baiana, no degrau da porta, e ficou silencioso, sem saber como começar. Batia no cimento do passeio com a muleta. A mulher notou-lhe o embaraço e perguntou:

— Quer tomar alguma coisa?

— Dois tostões de mingau de puba.

Enquanto virava o caneco se resolveu:

— Aqui dormia um esmoler, não dormia?

— Cabaça... Tá na Assistência, muito mal...

— E o homem não se importava?

— Quem? Cabaça? Se importava com quê?

— Não. Tou falando outra coisa. O dono da casa não se importava que ele dormisse aqui?

— Seu Samara? Ele não vem aqui mesmo... Quer o lugar, se mal pergunto?

— Quero... Isto é, se não tem alguém...

— Se quer, tome conta logo, senão é capaz de vir outro.

Apareceu um freguês, ela vendeu uma moqueca de aratu.

— Não sei como se pode dormir aí... Tem rato e porcaria como o diabo...

— Eu dormia no passeio da Sé, era pior. Quando chovia...

— Cabaça deixou um cobertor. Se não levaram no lixo, deve estar aí debaixo da escada.

Ficou calada, olhando as estrelas, e depois continuou:

— Eu gostava de Cabaça. Tinha umas coisas de maluco. Sei que se arranjava aí na escada. Até criava um rato...

— Um rato?

— É... Acha esquisito? Eu também... Foi a primeira vez que vi se criar rato... Um bicho imundo... Todo santo dia Cabaça comprava um acarajé pro rato.

Fez um gesto com a mão, querendo abarcar o tempo:

— De hoje... Olhe que eu sei muitas histórias... Mas isso de criar rato só vi o Cabaça...

O mendigo puxou duzentos réis para pagar o mingau, mas a preta recusou:

— Não. Você vai ser meu freguês. Hoje é presente...

— Obrigado.

Entrou. Descobriu logo a coberta. Estendeu o jornal, deitou-se e estirou a coberta em cima do corpo. Naquela noite quase não dormiu com o cheiro de mijo e o barulho dos ratos. Mas se acostumou depressa.

6

ENFEZADO, OS OLHOS PARECIAM INCHADOS. AO CONTRÁRIO DOS MENINOS DO 68, não tinha a barriga dilatada. Em compensação, os ossos apareciam todos sob a pele amarelada. Fumava cigarros baratos, assistia a fitas em série, vaiava Pega-pra-capar, fazia parte da quadrilha de Zebedeu nos brinquedos do cinema. O seu grande motivo de sucesso junto aos outros moleques eram as caretas que fazia e os exercícios com o corpo. Deslocava-se como nenhum outro, encostando a cabeça nos pés. Dava saltos mortais que impressionavam os companheiros. E juntava a estas qualidades a de ser o melhor atacante do Chuta Forte F. C., que disputava o campeonato com o Arranca Rabo em lascas sensacionais em plena rua com uma bola de pano. Se orgulhava de vir logo abaixo de Zebedeu no ódio de Pega-pra-capar, que dizia dele:

— Aquilo é tão moleque que, se fosse filho de gente rica, nunca andava com os dois pés calçados...

Sonhava em ser artista de circo, o rapaz do trapézio que entra vestido de casaca e vai tirando a roupa diante do público até ficar de calção. Via-se subindo pela escada de corda para alcançar o trapézio altíssimo de onde se despenharia, num salto mortal, para outro trapézio. Antes de pular, o diretor do circo pediria um minuto de silêncio à música e ao público, porque um centímetro mal calculado poderia provocar a morte do célebre trapezista. Depois, viriam os aplausos, moças jogando lenços no picadeiro. Um dia — afirmava aos companheiros — seguiria com um circo e, se voltasse alguma vez, eles não o reconheceriam. Se mudaria num belo rapagão de fama.

— Vocês vão ver.

Os outros troçavam:

— Eu quero entrar de graça no seu circo...

— Mangue... Pode mangar... Vocês vão ver... Vocês hão de me pedir entrada e eu peidar pra vocês...

— Sai, mosca! Só de pensar tu fica besta...

— Quem desloca como eu?

Jogava as mãos para o alto e se dobrava aos poucos pegando os calcanhares.

— Isso eu também faço.

— Então faça isso...

Baixava-se mais, enfiava a cabeça entre as pernas. De repente, ouvia a voz da mãe.

— José, cabra descarado, eu te rebento de porrada! Já para dentro, moleque!

7

TINHA PAIXÃO POR AQUELE FILHO, O ÚNICO DO SEU CASAMENTO INFELIZ. Também fizera projetos, esperando vê-lo doutor, a pronunciar discursos. Desgostava-a a malandrice do José, refratário à cartilha, vagabundando pelas ruas, sempre de cigarro no queixo. Também não havia dinheiro para pagar a escola particular, nem para comprar sapatos com que ele frequentasse a escola pública. Sabia do que acontecera com a filha da Ivone, que fora sem sapatos à escola. A professora dissera-lhe tantas e tantas que a criança fugira para casa chorando. E a Ivone não fora partir a cara da professora. Aliás, que adiantava? Filho de pobre...

Como Ivone, ela e as outras mães se conformavam. Que fazer? E soltavam os filhos pelas ladeiras. Cedo eles se acostumavam a pequenos furtos e a beber cachaça. Uns davam para ladrões. Elas diziam:

— Era sina dele...

Fatalistas, deixavam as coisas correrem. É verdade que choravam à noite, e ficavam com um ódio surdo batendo com o coração.

8

JOSÉ AMANHECEU SEM PODER ANDAR. UMA ÍNGUA ENORME nascera-lhe numa das virilhas.

— É o que você ganha com esses pulos, esses jogos de bola... Consultou os vizinhos.

— O melhor é mandar rezar. É pau-casca! Dizem que sinhá Ricardina reza muito bem.

Por volta das oito horas da noite, sinhá Ricardina chegou, com um ramo de mastruço na mão. Pôs o doente em pé, bateu-lhe com o mastruço na testa, orou em voz alta e terminou por levá-lo para detrás da porta.

— Olhe pra lua.

— Não posso ver por causa do telhado.

— Não faz mal. Olhe pro céu onde ela tá.

E mandou que ele repetisse:

A bênção, dindinha Lua.
Esta íngua é muito má.
Tome ela pra você,
me ajude a me curá.

Disseram a oração três vezes.

Sinhá Ricardina avisou:

— Agora bote azeite doce com esse mastruço no lugar da maldita. E deixe o menino três dias de cama.

Recebeu dez tostões pela reza e saiu, resmungando orações.

9

DONA RISOLETA AVISOU A LINDA QUANDO ELA ENTROU, apontando para o outro quarto com o dedo:

— O médico disse que talvez não passe de hoje.

— Vou lá ver se Vera precisa de alguma coisa.

A paralítica aconselhou:

— Cuidado, minha filha. Essa doença pega muito.

Não dizia o nome, de tanto medo. Ouviu-se a tosse prolongada. Os nervos que restavam a dona Risoleta balançaram-se na cadeira. Linda sentou-se, desanimada.

— Que coisa horrível. Não tenho coragem de ir lá...

Outro acesso de tosse veio do quarto dos fundos e sacudiu-a.

— Que coisa triste!

— Agora ela tosse tanto, coitada! É um nunca acabar... O padre já veio, de tarde. Coitada, ela nem tem pecado...

A tuberculosa tossia baixo. Dona Risoleta cruzou as mãos, rezando. Linda apertou o travesseiro nos ouvidos.

Julieta empurrou a porta:

— Posso entrar?

Sentou-se na cadeira furada e se referiu à tuberculosa:

— Tá bem ruim... Pra ela é melhor morrer logo... Afinal, de que vale ficar sofrendo?...

Linda puxou outra conversa:

— E Júlia?

— Casa no dia 8. Tá toda ancha porque vai casar com um funcionário do banco. Como se dinheiro desse felicidade... Em todo caso, ela é que sabe... Tá fazendo enxoval...

Como a tuberculosa tossisse, filosofou:

— Uns fazem enxoval, outros mortalha...

Remexeu nuns livros:

— Que romance é esse que você tá lendo?

— Não é romance não. É um livro sério.

— Ah!

10

PELA MANHÃ, VERA, COM OS OLHOS INCHADOS, TROUXE A NOTÍCIA. Dona Risoleta, sem querer e sem saber por quê, sentiu um alívio imenso. A morte da tuberculosa como que a livrava de uma tortura. Se envergonhou, pensando em pecado. Por mais que fizesse, porém, não podia se entristecer nem ter pena. Rezou um terço pela salvação daquela alma. Não compreendia por que estava mais leve, com os nervos calmos.

No entanto, parecia fazer falta ao sótão o ruído costumeiro da tosse da tuberculosa. Sem ele, silenciaram todas as vozes, todos os barulhos, sem aquela tosse doentia o silêncio se estendia pelos quartos e pela sala.

11

DEPOIS DE O CAIXÃO SAIR, O CHOFER DO SEGUNDO ANDAR explicou ao dos dentes de fora:

— A tuberculose é uma doença de classe. Pobre, se tem tuberculose, não pode se tratar...

A surda-muda ria na escada aquele riso que parecia choro e até aos ratos espantava. E fazia gestos doidos de alegria.

O dos dentes de fora cuspiu:

— Que miserável!

12

A MOÇA DE AZUL PARECIA NÃO SABER DE NADA QUE SE PASSAVA NO PRÉDIO. Continuava a descer as escadas como uma sombra entre os homens suados. Para Linda, porém, cada um daqueles fatos tinha uma significação e lhe ensinava mais, muito mais, do que os livros que lia noite adentro.

IMIGRANTES

1

A SECA OS EMPURRARA PARA O SUL, NA TERCEIRA CLASSE DO SANTARÉM, onde também viajavam solda-dos. Após o desembarque dos passageiros de primeira, eles saltaram com as suas trouxas, as mulheres puxando as crianças. O preto Henrique, que suspendia uma saca de cacau no armazém 6, disse para o Vermelho:

— Olhe quanto flagelado!

— A coisa por lá anda braba... O sol queimou tudo...

Homens amarelos de cara chupada. Mulheres magras, curvas como velhas. A velhice entre elas não se media pela idade e sim pelo número de filhos.

Os carregadores pararam, olhando a leva humana que se juntava em grupos, desorientada.

— Cada grupo enorme!

— Grupo o quê! Cada ajuntamento é uma família...

— Em cima de mim?

— Juro!

Aqueles a quem restava um dinheirinho maior se informaram de pensões baratas e para elas carregaram as suas trouxas e as famílias. Ficou um grupo, de trinta, que se reuniu em concílio.

— Aqueles são os rebentados mesmo...

— Nem uma penugem de dinheiro...

Pareciam eleger um chefe a quem entregaram níqueis catados do fundo dos bolsos, com as mãos magras. O preto Henrique e o Vermelho se aproximaram. O chefe anunciava:

— Noventa mil-réis...

Um ganhador explicava que só haveria navio para o sul do estado daí a três dias. O chefe perguntou:

— Vosmecê pode me informar um lugar onde a gente possa dormir esses três dias por noventa mil-réis?

— Tanto homem? Não sei...

O Vermelho disse:

— Quem sabe se o pátio lá de casa?

— É... — anuiu Henrique. — Seu Samara já alugou a flagelado há coisa de dois anos...

— É capaz...

O chefe tinha cara de cigano, não de cearense. Corado, mais alto do que Henrique, com paletó de casimira e um lenço de cores no pescoço.

O Vermelho disse:

— Acho que sei de uma casa onde vocês podem ficar... Não é casa não, é um pátio cimentado na ladeira do Pelourinho... Mas o tempo tá firme — olhava o céu — e é até fresco.

Indicou o escritório de seu Samara. Os flagelados agradeceram e seguiram com as trouxas pequenas aos ombros, mas curvados como se levassem cem quilos. Iam mulheres com baús e mulheres com crianças. Uma garota de doze anos puxava pela mão um irmãozinho de três anos e levava no braço um de seis meses, que chorava. A mãe ficara morta no Ceará.

O preto Henrique ficou olhando até eles desaparecerem por detrás das casas da Cidade Baixa. Botou a mão no ombro do Vermelho:

— Coitados! Pensam que vão enricar no Sul...

O Vermelho suspendeu o saco de sessenta quilos:

— Uma merda... Coitados!

2

SEU SAMARA PEDIU QUARENTA MIL-RÉIS POR DIA PELO PÁTIO. Ofereceram trinta.

— Vá lá... Deixo porque vocês estão mal de vida e não gosto de deixar de fazer uma caridade... Mas não me sujem o pátio!

O chefe não gostou muito da caridade, mas calou a boca. Pagou o dia adiantado e, conforme lhe ensinara um pedreiro, subiram todos a ladeira do Tabuão.

3

O CHEFE SEGUIU, OLHANDO OS NÚME-
ROS. NO 68 PAROU. As janelas se encheram de curiosos.

— São ciganos.

— Nada! São flagelados.

O chefe se dirigiu à mulher que estava na porta.

— Vosmecê pode me dizer se é aqui que tem um pátio? Porque
a gente alugou o pátio...

A mulher olhava fixo para o homem, com os olhos miúdos a
rir. Depois, riu em voz alta de modo tão horroroso que o homem
recuou. Seu Fernandes, da venda, apareceu por trás do balcão.

— Não repare. Ela é surda-muda e pancada da cabeça...
Precisa de alguma coisa?

O cearense repetiu a pergunta.

— Ah! É aqui mesmo. Entre por esse corredor. É nos fundos,
no K. T. Espero...

Quando os homens desapareceram no corredor escuro, seu
Fernandes murmurou:

— As lavadeiras é que vão se danar...

E como a surda-muda continuasse a rir, apontando a garota
pálida que levava os dois irmãozinhos, seu Fernandes gritou:

— Cala a boca, filha duma égua!

4

AS LAVADEIRAS RECOLHERAM DE MÁ
VONTADE A ROUPA ESTENDIDA e o cimento do pátio apareceu
molhado. Os flagelados arriaram as trouxas, desamarraram as esteiras. As redes, que não podiam armar, serviam de cobertor.
Bebiam água da torneira, em grandes goles. Deitavam no capim
úmido, cobrindo o rosto com o chapéu rústico de palha. Havia
uma variedade de lenços. Uns vermelhos, outros brancos com
flores, ora amarrados no pescoço em lugar de gravata, ora no pulso. As mulheres amarravam numa ponta do lenço os níqueis e as
pratas. Mães davam pedaços de rapadura e de pão dormido aos

filhos. As crianças do K. T. Espero trouxeram os demais garotos da rua para ver os imigrantes. Ficaram na porta do corredor, se empurrando uns aos outros, se beliscando para ver melhor.

— Deixa minha bunda, que eu não sou xibungo!

— Você é uma rosquinha...

— Olhe aquela mulher, com o peito de fora, dando de mamar ao filho.

— Aonde?

— Ali.

— Eu também quero mamar...

— Mame na minha taquara...

— Eu te meto o braço.

Um flagelado descobriu a padaria.

— Gente, espia uma padaria...

— Vou comprar pão fresco.

Voltou com o pão árabe, esquisito, em forma de cuia.

— Que coisa mais sem gosto...

— É pão de gringo...

— Diz que eles comem folha de uva...

— Nas Alemanha eles comem ninho de passarinho — explicou um franzinote.

— Vá noutro...

— Ué! E os índios não comem gente?...

— Gente não é ninho de passarinho...

— Qual é o melhor?

— Coma os dois pra ver.

Apareceram violões. Cantaram cocos da terra distante e desafios de cantadores célebres. As lavadeiras esqueceram a zanga e se aproximaram.

... e fiz tanta estrepolia
que o reis mandou me chamá
pra casá com sua fia.
O dote qu'ele me dava:
Oropa, França e Bahia...

Uma moça dançava o passo miudinho do coco, os homens batiam com as mãos. A voz do cearense continuava:

... e eu disse que não queria...

As lavadeiras se aproximavam cada vez mais. Afinal, Vitória não resistiu e caiu na dança. Uma harmônica, tocada por mãos hábeis, completou a orquestra. O homem que a tocava dançava também, a harmônica se estirando e se encolhendo, a música como que acompanhando a dança do homem.

... o dote que ele me dava:
Oropa, França e Bahia...

Flagelados e lavadeiras dançavam esquecidos de tudo. De repente, a música parou para recomeçar logo:

Olha o coco das Alagoas!
Olha o coco das Alagoas!

E se requebravam, o corpo dobrado, em umbigadas, os olhos vivos, os dedos ágeis no violão. Esquecidos da escravidão de que vinham, sem pensar na escravidão para que marchavam:

Olha o coco das Alagoas!

5

A MENINA DE DOZE ANOS ACALENTAVA O IRMÃOZINHO. Com os olhos procurava o outro, que se largara da sua mão e corria pelo capim. O pai, vaqueiro robusto, vomitara durante toda a viagem e ainda estava amarelo, estirado no chão.

— Ainda tou com enguio...

— Nem parece homem...

— Sou homem para pegar no pesado, mas para me balançar em cima d'água... nunca mais!

O pequeno berrava e procurava, no peito da irmã, seios que não tinham surgido sequer. Uma flagelada de peitos vastos, parida de poucos meses, se ofereceu:

— Eu dou de mamar ao menino.

Era assim que ele vinha se sustentando. Tirando o leite de uma e de outra. A menina agradecia com os olhos, uns olhos sérios de senhora. O garoto sugava o seio emprestado, vorazmente. Depois dormiu, no meio do ruído dos violões. A menina partiu atrás do irmão mais velho, puxou-o para junto de si e ficou sentada ao lado do pequenino o resto do dia, sem correr com os outros garotos, sem rir, trocando raras palavras com o pai.

6

O DOENTE TOMOU A DOSE DE QUININO E SORRIU para o enfermeiro improvisado.

— Logo que melhore, arranjo uns dinheirinhos e volto pro Ceará...

— Saudade?

— Nem fale!

Embarcara doente. A maleita havia de melhorar com a mudança de clima, dizia aos outros. A maleita continuara, porém, agarrada a ele, a febre cada vez mais alta. No delírio, via a terra seca esperando chuva, o gado morto, a fuga dos homens. Ele queria voltar. Temia essas terras do Sul, esse cacau tão falado, que a tantos enriquecera. Ele ouvia as histórias, mas pouco acreditava nelas. Mal fizesse um dinheirinho para a passagem, voltaria, mesmo que a seca não tivesse ido embora.

Não voltou.

Morreu três dias depois, quando, a bordo do *Maraú*, avistava os coqueirais de Ilhéus. O corpo ficou enrolado numa lona preta. Os outros não falaram mais em voltar. E se derramaram pelas fazendas, onde não enriqueceram. Os filhos foram educados para cangaceiros pelos coronéis. Esqueceram as histórias do padre Cícero, aprenderam as histórias de Lampião. Se esqueceram também de que tinham vindo para enriquecer. Agora pensavam nas contas fantásticas que deviam aos fazendeiros.

BODEGA

1

— UM TRAGO!

— Não vale a pena...

Os homens encostavam-se no balcão ou sentavam-se nos caixões de sabão. Perto das seis horas da tarde, diariamente, a venda do Fernandes se enchia.

— Quer ou não quer a cachaça?

Levantava a garrafa com raízes dentro do álcool.

— Vá lá! Uma tragada, companheiro...

— Não vale a pena...

— Um rabo de galo...

— Não mata a fome.

O de camisa de listras vermelhas e mangas curtas assobiou por entre os dentes podres. Engoliu o rabo de galo, fez uma careta e cuspiu. As pedras do calçamento estavam cor-de-rosa. Ainda não tinham sido acesas as lâmpadas.

— A cobra desse propagandista se soltou ontem e as mulheres fizeram um berreiro sacana!

— Ela não tem veneno...

— Você leu o jornal de ontem?

— Por quê?

— Uma família do sertão comeu uma cobra...

— Moqueca de cobra! Quem sabe se não é bom...

— Cala a boca...

O outro baixou a cabeça:

— Outro mata-bicho, Fernandes.

— ... tavam fugindo da seca e de Lampião...

— Eta! Cabra danado!

— Cala a boca!

— Anda depressa, Fernandes...

— … comeram a cobra, morreu tudo…

— Cobra é indigesta…

— Pai, mãe, seis filhos…

Uma cusparada grossa. Do balcão via-se a escada escura.

— Muito cabra daqui é capaz de comer rato… com a fome que andam…

Tinha um cacoete esquisito. Apertava o lábio, o nariz e um olho de uma só vez. Ficava com um jeito angustioso.

— Santa Maria das Dores.

— Diz que na guerra…

Olhava o soldado que limpava a lama da perneira com o sabre.

— Não é, sargento? Diz que na guerra se come rato.

O soldado, importante:

— Isso só os alemães…

— Entonce…

O preto tirou o palito da orelha para ouvir melhor…

— Eles comeram até gente. A fome era uma dureza…

— Até dá vontade de vomitar… — e suspendia o lábio, o nariz e o olho.

— Não sei por quê, paisano…

O soldado olhava com desprezo.

— Caninha, Fernandes.

— Não oferece aos amigos…

— Tá às ordens! O que é meu, é dos amigos…

— Mas como eu tava dizendo…

Voltaram-se para o soldado.

— … paisano não tá preparado… Mas nós do Exército… Pode vir a guerra… É só a Argentina se bulir… Não viu o Paraguai?

— Meu avô foi voluntário… Perdeu um braço.

A voz de Álvaro Lima vinha do escuro da escada:

— E nunca mais pôde trabalhar, não é…

— É…

O soldado se espantou:

— Mas é um herói da pátria.

— Era. Porque no mínimo morreu de fome, não foi?

— Quase… Morreu pedindo esmola.

O de camisa de listras acabou de enrolar um cigarro:

— É melhor ser jagunço…

— Mas a pátria… O Brasil…

Do escuro a voz parecia vir mais forte, mais dominadora:

— A guerra só traz resultados para os que estão governando. Enriquecem… Para os ricos que fazem mais dinheiro vendendo mantimentos…

— Bem dito!

— Se todo o mundo pensasse assim acabavam tomando conta do Brasil…

— E eles lá pensam no Brasil… Querem é dinheiro. Na guerra é o soldado quem morre… Morto pelos camaradas… Para servir aos interesses dos ricos…

O soldado procurou uma réplica. Mas estava sozinho e ouvia os passos do rapaz subindo a escada. Meteu o sabre na bainha, continuou:

— Mas era só os alemães que comiam rato…

O homem entrou. Notava-se unicamente a barba muito crescida.

— O defunto era mais gordo.

Boiava dentro da roupa. Encostou-se no balcão e pediu:

— Um pão de duzentos réis.

Procurou o níquel por todos os bolsos. Os outros ouviram-no murmurar:

— Será que perdi…

Encontrou. Mastigou o pão ali mesmo em grandes dentadas.

— Até parece gente de boa laia…

Na porta parou, quis voltar, mas teve vergonha, enfiou as mãos nos bolsos e desceu a ladeira. Só então repararam que ele levava um brilhante no dedo.

— Aquilo no prego…

— Cala a boca! Quem sabe por que ele não bota…

— Esse negócio de mulher é besteira…

— Quem falou em mulher, aqui?

— Ué, ninguém…

Fernandes fazia contas. O de camisa de listras perguntou:

— Quanto lhe devo?

— Mil e duzentos…

— Bote na conta…

Fernandes apontou o quadro em cima da prateleira:

**FIADO
SÓ
AMANHÃ**

— Nunca chega esse amanhã…

— Outra golada para terminar…

— Mil e quatrocentos…

O homem trazia um cachecol vermelho. Bebeu o cálice de cachaça e puxou conversa:

— Boa tarde…

— Boa noite…

— É mesmo! Já bateu seis horas…

Soltou o cálice grosso. Convidou:

— São servidos?

O vento suspendia o cachecol.

— Sabe se tem algum quarto vazio aqui em cima?

O de cacoete informou:

— Tem um, sim. Um batedor de carteiras que a polícia unhou… O quarto tá pra alugar…

— Qualquer um de nós pode roubar…

— É questão de fome…

— Enquanto eu puder trabalhar…

— E se não tiver trabalho?

— Roubar é que não roubo…

— A ocasião faz o ladrão, rapaz...

— Ora...

— Você não viu o velho Jerônimo?

— Outro trago?

— Não vale a pena...

— ... honesto como ele não tinha dois... Mas quando viu a mulher pra morrer de fome...

— É mesmo...

— Comeu cinco anos... Os jurados não passam fome...

O de cachecol espiava espantado.

— O promotor ainda disse um bocado de coisa feia pra ele. Também, ele com um soldado de cada lado... Porque coragem o velho tinha!

Um velho com um realejo montado em quatro rodas e um periquito tocava músicas velhas para as crianças da rua. Ficaram calados, ouvindo. Fernandes contava os níqueis. A música entrava pela escuridão da venda. Um vento mais forte trouxe da escada um cheiro de mijo. O da camisa de listras levantou-se, pagou e disse com voz sumida:

— Eu já matei um homem... Lá no Amazonas... Por causa de comida...

O de cachecol fez-se menor no canto:

— Acontece a qualquer um...

Parou a música do realejo. Fernandes começou a fechar as portas. Disse tão alto que foi ouvido pela moça de azul que ia subindo a escada:

— Conversa fiada...

PALHAÇOS

1

NÃO. NÃO FOI UM DESSES GRANDES CIRCOS QUE PERCORREM as capitais do mundo com jaulas, artistas internacionais, palhaços que falam várias línguas. Circos que possuem navios próprios e animais raros, girafas, hipopótamos. Nada disso. Fora um pequeno circo de feira cuja maior atração consistia num urso velho que se embriagava com cerveja. Circo que na Bahia se armava na Calçada, longe do centro da cidade. É verdade que se chamava Grande Circo Europeu. Não passava, porém, de um circozinho brasileiro, que percorria as cidades do interior, levando prospectos amarelos, que acusavam ruidosos sucessos no Rio de Janeiro, em Porto Alegre, em Maceió e em Oeiras. Muitos dos assistentes pensavam que Oeiras era uma grande cidade da Europa...

No entanto, há dez anos que Laudelino vivia com saudades do circo. Desde aquele dia que, em Juazeiro, a companhia se dissolveu vendendo o urso e o pano para fazer o dinheiro das passagens, Laudelino entristeceu. Há dez anos, também, que morava no prédio. No seu quarto viam-se fotografias velhas, umas sujas, outras rotas, nas quais ele aparecia irreconhecível, vestido com uma bombacha verde, a cara caiada de branco, desenhos na testa. Naquela época ele era o palhaço Jujuba, encanto da criançada e dos habitantes das cidades perdidas no interior. Dizia graças, dava cambalhotas, arrastando sempre aquele bengalão que estava dependurado em frente à sua cama. Porém, o que mais lhe deixara saudades foram as representações. Tinha uma queda por aquilo e fazia invariavelmente o primeiro papel masculino. Quantos sucessos... Lembrava-se dos cartazes:

HOJE
GRANDE CIRCO EUROPEU

HOJE
EXTRAORDINÁRIA FUNÇÃO

NOVAS ESTREIAS
✣
O URSO ENSINADO
LILI EM NOVOS NÚMEROS DE TRAPÉZIO
A ESCADA DA MORTE
O HÉRCULES QUE LEVANTA 200 QUILOS
E A EMOCIONANTE PANTOMINA
"OS DOIS SARGENTOS"
✣

COM O GRANDE ARTISTA JUJUBA...

Mal ele entrava em cena as palmas soavam. Na "Tomada da Bastilha" fizera a assistência em peso chorar emocionada. Era seu grande sucesso. Quando agarrava o conde pelo pescoço e gritava "Traidor!", a plateia se levantava.

Ia tão longe tudo isso... dez anos já... Metido no prédio restava-lhe somente a alegria de contar as glórias passadas. E, desde a noite que recitou um monólogo numa festa que seu Fernandes ofereceu, passou a ser apontado a dedo como "o artista". As mulheres diziam:

— No quarto andar mora um artista. Seu Laudelino... Já trabalhou num circo...

E Laudelino, depois de contar aos homens no pé da escada as suas glórias, trancava-se no quarto, vestia a bombacha verde e declamava, repetia piadas velhíssimas, revia as plateias das cidadezinhas visitadas. Quando, de repente, voltava à realidade do quarto malcheiroso, chorava, como chorara no dia em que a população de Oeiras o carregou em triunfo.

2

DIZIAM QUE ELE FICARA AMALUCADO DESDE QUE A FILHA morrera tuberculosa numa cidade do sertão. Formara-se em farmácia muito moço, sempre na esperança de um dia fazer o curso médico. Mas teve tudo contra os seus desejos. A morte do pai, alfaiate, que o ajudava, o preço dos estudos, tudo. Vivia de ensinar física, química, história natural a alunos de preparatórios e de vestibular. Casou-se. A mulher era fraca, ele sabia. Foram felizes, de uma felicidade completa, durante dois anos. Não faltavam flores na casa onde o riso doente da esposa punha uns tons de melancolia. O curso era dos mais frequentados. Criara fama de bom professor e os discípulos o respeitavam. Achavam-no muito correto, com a cabeleira longa e anelada, os óculos de vidros grossos para a sua miopia. Vários dos alunos não pagavam. Nem por isso ele os estimava menos. Certa vez os rapazes fizeram-lhe uma manifestação. Pronunciaram discursos e beberam licores.

No fim de dois anos a esposa morreu, deixando a filha pequena, que já trazia no sangue a doença da mãe. Quinze anos depois, o médico lhe dissera que se não quisesse perder a filha deixasse tudo e arribasse para o sertão. Otávio fechou o curso, arranjou um lugar de professor de primeira classe em Bonfim e viajou.

A moça continuou a definhar, a despeito do clima e dos remédios. Otávio ensinara primeiras letras na escola pública. Como os rapazes, os meninos o amavam. A professora que o precedera possuía, apesar das proibições, uma palmatória que não descansava. O novo professor, não. Tinha o sorriso bondoso e um ar cansado, de quem chega de uma longa carreira.

Três anos levaram nessa vida. A filha morreu. Apenas emagreceu com a moléstia. Pouco tossia. Morreu silenciosamente, como uma filha de professor público. Otávio não chorou. Mas ficou com aquele jeito apatetado que o acompanharia para o resto da vida. Ainda por muitos anos ensinou na cidade. Não sorria mais. Esquecia-se de repente de tudo e ficava a olhar pela janela para o céu distante. Os meninos diziam:

— O professor está atacado!

Por fim aposentaram-no. Voltou para a Bahia e, após rodar por diversas pensões, onde se riram dele, alojou-se no terceiro andar do 68. Começara a falar sozinho, fabricava peças de madeira no seu quarto.

Uma tarde, um jornal publicou seu retrato com uma longa notícia. Vinha também o clichê de um aparelho esquisito. O professor afirmara que descobrira o moto-contínuo. O jornalista contava toda a sua vida, relembrando os tempos áureos, para terminar lamentando a loucura que "se apossara de seu cérebro tão brilhante e fecundo".

Otávio pouco se preocupou com o que o jornal disse. De noite explicou ao dos dentes de fora a engrenagem de seu invento, as peças que lhe faltavam, a revolução que causaria no mundo industrial e científico. Falava com o dos dentes de fora mas olhava para muito longe, para as estrelas, como se falasse para elas ou para alguém que estivesse por aqueles lados.

Terminou dizendo que o aparelho se chamaria Helena.

— É um nome muito bonito, o senhor não acha?

— É...

— O nome de minha mulher e de minha filha...

Agora, antes de dormir, o dos dentes de fora ouvia os seus passos no quarto, passos ritmados, cadenciados, cinco para a frente, uma pausa, cinco para trás...

NOMES SEM SOBRENOMES

1

MULHERES SEM SOBRENOMES. MARIAS DE NACIONALIDADES as mais diversas. Casadas umas, com maridos que também não possuíam sobrenomes; solteiras outras, magras ou gordas, doentes ou sãs, com um único traço de ligação: a pobreza em que viviam.

Algumas juntavam outro nome ao primeiro: Maria da Paz, Maria da Conceição, Maria da Encarnação, Maria dos Anjos, Maria do Espírito Santo. Outras levavam apelidos: Maria Cotó, Maria da Sandália, Maria Doceira, Maria Visgo de Jaca, Maria Machadão. A maior parte, porém, era somente Maria de Tal, filhas de Antônio ou Manoel de Tal, casadas com Cosme ou Jesuíno de Tal.

Mulheres que vendiam frutas, lavavam roupas, trabalhavam em fábricas, costuravam, vendiam o corpo. Mulheres sem sobrenome, mulheres do 68 da ladeira do Pelourinho e de outros sobrados iguais, para quem os poetas nunca fizeram um soneto, elas simbolizam bem a humanidade proletária que se move nas ladeiras e nas ruas escuras. Tiveram uma frase anônima:

— Gente sem nome... Gente sem pai... Filhas da puta.

2

QUE FOSSEM DIZER ISSO A MARIA CABAÇU. QUEM TERIA CORAGEM? Ainda hoje o prédio se lembra da sua fama. Contam na escada as histórias que ela espalhara atrás de si.

Desaparecera como surgira há alguns anos passados, sem que se soubesse de onde viera, sem que se soubesse para onde ia.

Valente como um cabo de polícia. Alta e troncuda como poucos homens do sobrado, cabelo espichado, nádegas enormes. Tentava os olhares com os meneios do corpo forte, apesar de quase não ter seios e de possuir o nariz achatado de *boxeur*.

Não largava um punhal, tomado a um *valiente*, no Rio Grande do Sul. Dizia ter andado no Acre e na Bolívia, e quando se embebedava falava castelhano, um castelhano que seu Fernandes da venda não entendia absolutamente. Diziam dela:

— Aquela tem cabelo na venta...

No mesmo dia em que alugara o quarto, armou um barulho com um inquilino por causa da latrina. Houve certa correria, as lavadeiras conversaram sobre a nova hóspede no dia seguinte.

A princípio se arranjou bem. Mas os homens só a visitavam uma vez. Ela era difícil de se contentar com o pagamento e espancou alguns clientes. Por pouco um deles escapou de levar uma punhalada. De outra feita um soldado de polícia rolou pela escada, enquanto lá em cima Maria Cabaçu ria a sua gargalhada estrondosa na qual havia algo de infantil. Correm lendas a seu respeito, compareceu ao distrito policial, abriu barulhos. A locatária do andar vivia doida para se ver livre dela. Faltava-lhe, porém, coragem para falar com Maria Cabaçu sobre mudança. Antônio Joaquim, do 43, caíra nas graças da valentona e sofreu o diabo. É verdade que ela o sustentava, mas o pobre andava com o rosto marcado. Terminou por fugir sem deixar rastro. Aí Maria Cabaçu se bandeou para o Vermelho, que tirou o corpo fora para evitar encrencas.

No entanto, foi um magricela, um rapazote, que acabou com toda aquela fama. Viera para o 68 com a sua carinha de chinês, olhos mortos, braços magros. Depois souberam que ele era cearense e trabalhava num restaurante.

Mudou-se numa noite, na outra foi dormir com Maria Cabaçu. De manhã deu-lhe os clássicos cinco mil-réis. Maria Cabaçu se contentou em sorrir.

— É vinte mil...

— Mulher de vinte mil-réis é na Pensão Monte Carlo...

— Trate de puxar a grana, meu branco, senão...

— O que é que tem?

Ela mostrou o punhal. Se os inquilinos não tivessem ouvido o barulho e alguns deles assistido ao final da cena, não acreditariam. O magricela tomou o punhal e deixou a cara de Maria Cabaçu escorrendo sangue de tanto bofetão.

O Vermelho o avisou logo depois:

— Você sabe em quem bateu?

— Nessa negra aí em cima... Se fez de besta...

— Maria Cabaçu...

Contou-lhe tudo o que ele ignorava. O magricela ia ficando amarelo de medo. Depois desapareceu. Maria Cabaçu procurou-o por toda parte, não para se vingar. Queria era se amigar com ele. E como não o descobrisse, arrumou a mala de papelão e foi embora da Bahia, com uma saudade daquele homem magro que a espancara. Devia três meses à locatária. Não pagou.

3

VELHINHA DE CABELOS BRANCOS E ANDAR TRÔPEGO. RECEBIA TODO MÊS, na grande casa comercial, os cento e cinquenta mil-réis que lhe custeavam a existência. Dinheiro que os filhos do coronel Lima lhe mandavam. O patrão nunca casara com ela, mas durante trinta anos fora seu esposo. Desde que dona Maria Ricardina Leite Lima morrera, o coronel chamara aquela outra Maria, copeira que conservava uns restos de beleza, para substituir a esposa na cama e junto aos filhos. O coronel falecera, os rapazes se mudaram para outras terras. Havia ficado na grande casa comercial uma ordem para lhe dar cento e cinquenta mil-réis todo mês. Chegava bem. Sua despesa era das mais reduzidas. Sessenta mil-réis de comida, trinta mil-réis de quarto, quinhentos réis por semana para o folhetim que um judeuzinho vendia, *Expulsa na noite de núpcias*, romance sensacional que a fazia chorar. Chorava também ao contar às lavadeiras as gracinhas dos seus meninos, como chamava os filhos do coronel Lima. Esperava vê-los antes de morrer e em tenção disso mandava dizer missas na igreja dos jesuítas com o dinheiro que restava. Guardava mechas de cabelos louros e retratos encardidos pelo tempo, dos filhos adotivos.

E toda manhã, chovesse ou fizesse sol, jogava um tostão no bicho, depois de sinhá Ricardina lhe estudar o sonho.

— Sonhou com nuvens... Dá jacaré na certa...

— Por quê?

— Nuvem é água... Bicho que vive n'água é jacaré.

4

NÃO SE LEMBRAVA DO PAI NEM DA MÃE. E DO ORFANATO não gostava de se lembrar. Nos tempos que estivera internada usavam um sistema impressionante para se livrar das mais velhas, dada a superlotação da casa. Depositavam duzentos mil-réis para cada menina recolhida. E quando esta atingia os quinze ou dezesseis anos, colocavam-na um dia junto a várias outras nas grades do jardim para que portugueses e mulatos escolhessem aquela com quem queriam casar. Antes elas faziam um pequeno enxoval de algodão e esperavam o casamento como uma libertação. Não era, geralmente. Os portugueses iam atrás dos duzentos mil-réis e não da esposa. Com Maria do Espírito Santo fora assim. O português de longos bigodes se engraçou do seu jeito humilde e a escolheu. Casaram-se na capela do orfanato. À noite, semiembriagado, ele a violou brutalmente. Ela pensou que ele a queria matar e rezou orações do orfanato. Na mesma semana apanhava a primeira surra e, se ele não a abandonasse um mês depois, ela fugiria. Dos duzentos mil-réis nunca soube notícia. Vagou, perdida, uma noite inteira. Andou por perto do orfanato mas não teve coragem de bater na porta. Alta madrugada foi recolhida por um vendedor de cocaína que se apiedou dela.

Viveu com ele muito tempo. Esquelético, tremendo as mãos, silencioso e delicado, não a importunava. Talvez até a amasse. Porém amava muito mais a cocaína que aspirava e vendia a mulheres viciadas.

Perseguido pela polícia no Rio, veio com Maria do Espírito

Santo para a Bahia, cidade de pequena freguesia, o que o obrigou a alargar o negócio vendendo não apenas tóxicos mas também cartões imorais e livros de pornografia. Nunca oferecera cocaína a Maria do Espírito Santo. Quando as coisas pioraram demais e eles se mudaram para o 68, ela é que pediu um pouco. Ficou com olheiras fundas e suas mãos começaram a tremer. Uma noite o homem foi preso em flagrante. Ela o substituiu junto aos clientes e esperava a sua vez de parar na cadeia. À noite rezava as orações do orfanato mas já não acreditava em nada a não ser no pó branco que a fazia esquecer tudo.

5

DE POUCA GENTE DO 68 OS INQUILINOS SABIAM O SOBRENOME. Alguns tinham apenas apelidos. Da moça de azul não sabiam nem o nome nem o sobrenome, mas adivinhavam que ela os possuía. Com certeza um nome bonito e um sobrenome grande.

68, LADEIRA DO PELOURINHO

1

O SOL VIOLENTO DO DIA DE VERÃO ESPA-LHAVA UM CALOR SUFOCANTE pelo sobrado. Dos quartos, ouvia-se a roupa que as lavadeiras do cortiço batiam no cimento. De tão quente que estava, as mulheres não cantavam.

Do seu quarto, o preto Henrique via o céu azul-claro com farrapos de nuvens brancas e o mar verde, que se perdia dos seus olhos. Disse para o dos dentes de fora:

— Um dia eu engajo como marinheiro... Vou conhecer esse mundão... Tou com saudades de outros lugares...

— Você já saiu da Bahia?

— Inda não.

O Vermelho riu, mas o dos dentes de fora passou a mão em-baixo do nariz e falou:

— Não sei o que é. Às vezes também penso em arribar... Ver outra gente... Como o Isaac...

— E não chove...

— Por falar em chuva, eu nem conto, rapaz! Ontem no bote-quim foi um barulho... Puxa!

O Vermelho se interessou:

— Como foi?

O preto olhou o céu e o mar, como a se despedir, e voltou-se para os companheiros:

— Eu estava bebendo uma pinga no botequim Formoso, bem calmo da vida. Apareceu um bêbado, começou a me cutucar com dichotes. Eu mandei ele pra merda. Um tipo que não tinha nada com a história se meteu a defender o pau-d'água. Nem conto, rapaz! Casquei o pé na boca do estômago, o bruto caiu. E eu me preguei...

Como o Vermelho duvidasse, disse:

— A prova é que nem paguei a cachacinha...

Virou-se para o mar e fitou-o afetuosamente, como a um amigo que não visse há muito.

— Ah, marzão! Um dia eu navego em tu...

2

COM O CALOR DA TARDE, O PRÉDIO NÚMERO 68 DA LADEIRA do Pelourinho parecia dormir. O seu sono era leve, porém. Qualquer mosca que pousasse sobre aquela fera de mais de mil braços a faria despertar de súbito e os seus braços inúmeros poderiam destruir, raivosos, aquele que atrapalhasse o seu sono.

3

BEM DE TARDINHA, OS DOIS MATA-MOSQUITOS ALCANÇARAM O SÓTÃO. E verificaram que, pela terceira vez, haviam destruído o visto colocado na porta da latrina. E o visto dizia bem claro:

O morador ou responsável será multado se forem encontrados focos de mosquito ou se não zelar pela conservação deste visto, segundo o decreto nº...

Olharam um para o outro. Tudo indicava que o mulato gordo dominava o colega, um mata-mosquito magro, de bigode elegante.

— É a terceira vez...

— Que se há de fazer?

— Cumprir com o nosso dever... Multar...

Saíram da latrina. Não havia ninguém na sala do sótão.

— Quem será o locatário?

— Só perguntando.

— A quem?

— Vamos bater num quarto desses.

Não foi preciso. Toufik vinha chegando. O mata-mosquito gordo interrogou:

— Quem é a locatária do sótão?

O árabe olhou com ar espantado em redor de si.

O magro perguntou:

— Perdeu alguma coisa?

— Não. Tou procurando o cachorro com quem seu amigo falou. Nem sabe pedir por favor...

— Me desculpe, mas rasgaram o visto outra vez.

— E eu, que tenho com isso? Aqui no sótão não tem locatária. Nos outros andares é que tem. A gente paga a seu Samara mesmo.

— Ah! Obrigado!

O árabe seguiu para o quarto. O mulato gordo explicou:

— Não dei umas pancadas nesse moleque porque um funcionário da Saúde Pública não pode dar mau exemplo.

O outro concordou.

— Vamos dar parte ao chefe.

4

A MULTA FOI PARA SEU SAMARA, QUE SE RECUSOU A PAGAR. Que resolvessem aquilo com os inquilinos! Eles que se reunissem e pagassem. Os inquilinos também não se resolveram a pagar. A coisa começou a se complicar. O mulato gordo disse ao médico que a latrina era um foco de mosquitos. O médico, então, convocou seu Samara e foram, com os dois mata-mosquitos, ao prédio. Mal galgaram as escadas e já as notícias circulavam pelos andares. Homens e mulheres subiram as escadas e se comprimiram na porta do sótão. Lá dentro os moradores discutiam, ora com o médico, ora com o proprietário.

— Eu não tenho culpa dessa imundície. Vocês sujam porque são uns porcalhões!

— Porcalhões é a mãe! — gritou uma voz anônima.

Seu Samara bancou o valente:

— Quem foi o cachorro?

Se elevou um murmúrio entre os homens. Seu Samara recuou. O médico acabava de examinar a latrina e duplicou a multa. Multa por terem rasgado o visto, multa por criarem mosquitos na privada. Apresentou os talões ao proprietário.

— Cobre a esses canalhas!

— Canalha é a puta que o pariu!

Seu Samara ficou vermelho. O médico virou-se, autoritário, para os moradores:

— Acabem com isso! Façam uma coleta e paguem.

— Vá cobrar no inferno!

— É assim que respondem?

Uma moça se destacou do grupo e se aproximou do médico. Era Julieta, de pés descalços, metida num vestido de seda de Nair.

— Eu lhe explico direito. Isto aqui é uma imundície. Seu Samara não liga, só quer dinheiro.

— Isso mesmo!

— A gente trabalha o dia todo. De noite é que a gente varre os quartos... Quem tem tempo de cuidar da latrina?...

Seu Samara interrompeu:

— Você lá trabalha! Uma putinha como você!

Julieta avançou para o árabe. A massa de homens e mulheres foi atrás. O médico, que evidentemente torcia pelo proprietário, se meteu:

— Calma! Calma!

A escada estava cheia. Ninguém reparou sequer que a moça de azul saía indiferente, para a rua. Ninguém notou que ela novamente chorara.

A discussão do sótão prendia todas as atenções. O médico, protegido pelos dois mata-mosquitos, falou:

— Eu não tenho nada com isso! Se não pagarem as multas, interdito a latrina!

— Cobre de seu Samara!

A multidão se aproximava. Os quatro homens recuavam para a escada.

— Mas fui eu que rasguei o visto? Fui eu que botei mosquito na latrina?

— O senhor tem razão — afirmou o médico. — E vocês tratem de pagar...

— Obrigue! — gritou uma voz.

— Hei de obrigar! Vou chamar a polícia!

— Chame, seu filho da puta!

Seu Samara levantou a mão num gesto de absoluta generosidade e declarou:

— Tá bem... Não precisa briga! Eu pago!

5

POR MUITO TEMPO AS MULHERES HAVIAM DE FALAR SOBRE o incidente do sótão. Apesar de seu Samara ter se resolvido a pagar a multa, continuaram a comentar a briga. Admirava que em meio àquela imensidade de gente, a mais diversa, de raças diferentes, sem outro traço de ligação que a escada do 68, não se ouvisse uma voz discordante, uma voz que apoiasse o proprietário.

Mais além das rusgas, de indiferença pela vida dos outros, dos comentários malévolos, havia entre eles uma solidariedade de classe da qual não se podia duvidar desde o incidente do sótão.

Prova ainda maior da existência desse sentimento o prédio teve quando rebentou o caso da greve. Parece que a briga com o proprietário e o médico da Saúde Pública acabou com o receio dos habitantes. Eles compreenderam que não era tão difícil a multidão se rebelar. O proprietário deixou de ser um tabu.

O número 68 da ladeira do Pelourinho já não dormia. Acordara de repente, seus mil e tantos braços estavam inquietos e suas seiscentas bocas não demorariam a rugir.

ESCADA

1

O VERMELHO ABRIU A BOCA NUM BOCEJO DE TÉDIO, mas a mulher gorda do segundo andar puxou-lhe a manga do paletó velho de casimira.

— O que é?

Estavam no pé da escada e o sol de meio-dia fazia cinzenta a escuridão porque alguns raios chegavam aos primeiros degraus.

A rameira levantou a mão com que segurava a barriga fofa e apontou para o primeiro andar. A princípio o Vermelho só viu a teia de aranha que se estendia na sua frente e pensou aborrecido que não valia a pena levantar a cabeça para ver coisa tão corriqueira como uma aranha comer uma mosca.

Porém, como fora a mulher que lhe chamara a atenção, continuou olhando e até se interessou. A aranha se aproximava cautelosamente da mosca, volteando em torno da prisioneira, calma, calculada, sem pressa. De repente deu um pulo e caiu em cima da mosca. O Vermelho baixou a cabeça, olhou a mulher:

— Danada!

Mas ficou surpreendido. A rameira não olhava para a teia de aranha. Fixava a porta do primeiro andar e sorria com uma grande ternura nos olhos pisados. O Vermelho acompanhou o olhar da mulher e foi encontrar o casal lá em cima.

O homem estava descalço e a sua roupa suja de barro denunciava a profissão de pedreiro. A mulher nem parecia mulata tal a palidez do seu rosto. O cabelo caía-lhe na face, molhada ainda do banho. Despedia-se do homem que, acabado o almoço, tornava ao trabalho, apertando-o entre os seus braços. Porém ele ficava afastado dela, entre os dois a barriga grávida da mulher, estufada para a frente, ridícula. No entanto era por causa daquela barriga ridícula que o homem olhava para a mulher com uns olhos tão cariciosos e conservava as mãos calejadas no rosto úmido da companheira, afagando-o brandamente.

A rameira disse para o Vermelho:

— É o primeiro filho...

O Vermelho sentiu uma angústia repentina mas se dominou e fitou a prostituta, sorrindo. Ela continuava a espiar o casal:

— Me lembra meu filhinho...

— Você teve filho?

— Morreu com quatro anos... Era uma belezinha.

O Vermelho perguntou a si mesmo como ficaria aquela gordura toda se engravidasse. Sorriu.

E haveria algum homem que acariciasse com amor a face manchada de panos da rameira?

Sorriu de novo. Considerou durante um longo minuto as banhas da mulher e quase teve um acesso de riso. Mas ao longo do rosto da gorda e gasta prostituta corriam lágrimas.

O Vermelho retirou o olhar, que foi cair sobre o casal do primeiro andar. Aquilo o inquietou e voltou-se para a rameira.

As lágrimas continuavam a correr no seu rosto que foi se embelezando ante os olhos enevoados do Vermelho. Ele a achou tão linda que até delgada estava. E o Vermelho, num gesto de infinita compaixão, estendeu os dedos sobre o cabelo da vagabunda e tentou dizer palavras que não sabia...

2

O PROFESSOR OTÁVIO PEDIU A LINDA QUE ESPERASSE e subiu o resto da escada de três em três degraus. A surda-muda se aproximou. De longe fazia sinais apontando o cravo que trazia na mão. Mal o professor desapareceu ela veio vindo e deu a flor a Linda. A moça passou a mão no rosto da surda-muda, que sorriu.

— Quem lhe deu esse cravo, Sebastiana?

Ela explicou longamente, num excesso de gestos, que furtara de um tabuleiro para oferecer a Linda.

A moça alisou-lhe a carapinha. Sebastiana ria em silêncio, sem os grunhidos costumeiros.

O professor Otávio descia com as peças do seu invento. Aí Sebastiana gargalhou horrorosamente mostrando o professor e girando o dedo na testa. Otávio parou e Linda botou o dedo sobre os lábios, obrigando a surda-muda a silenciar. Depois abraçou-a sorrindo e ela foi embora, feliz, parando todos aqueles a quem encontrava para explicar que a moça bonita do sótão a abraçara.

3

OTÁVIO MOSTROU-LHE AS PEÇAS UMA A UMA. DEMOROU-SE a revelar o seu funcionamento, detalhe por detalhe. Linda o animava, elogiando o aparelho. Ele, porém, não ouvia. Seu olhar se dirigia para a nesga de céu que viam daquele ponto da escada. Por fim voltou-se para a moça.

— Não acreditam... Os homens nunca acreditam... Mas um dia verão... Ainda hão de me glorificar... O inventor do mo-to-contínuo...

Avançou a cabeça para perto de Linda:

— Vou ser muito rico... Vamos ser muito ricos... Quer ser minha sócia?

Não esperou a resposta:

— Você parece com a minha filha... Me diga — sua voz estava inquieta —, você julga que eu sou maluco?...

— Absolutamente...

— Dizem aí mas não acredite... É inveja... Como eu descobri o moto-contínuo... Não viu aquele jornal outro dia? Mas não acredite...

— Não acredito, não...

— Chamaram sempre os grandes homens de malucos... Mas se minha filha e minha esposa fossem vivas as coisas seriam diferentes...

Olhava a nesga do céu:

— Nós tínhamos uma casinha… Mas elas eram boas demais para esse mundo… Você acredita em Deus?

Nem estranhou a resposta de Linda:

— Não…

— Por que Deus as levou!? Ele bem sabia a falta que elas faziam. E eu acreditava em Deus… É verdade que inventei o moto-contínuo… Mas minha filha e minha mulher… Era outra coisa, não era?…

Ouviu os passos dos homens que galgavam a escada. Sussurrou no ouvido de Linda:

— Você vai ser minha sócia… Vamos ganhar muito dinheiro… Se lhe disserem que eu sou maluco não acredite…

Começou a juntar as peças do aparelho. Só quando os homens pararam é que Linda notou que o professor Otávio estava vestido de fraque, um fraque cinzento de tão velho, e não levava gravata.

4

OS HOMENS PARARAM PARA DAR DOIS DEDOS DE PROSA. Álvaro Lima disse a Linda:

— É para o fim da semana…

O dos dentes de fora sorriu. Falavam da projetada greve dos operários da companhia de bondes. O negro Henrique se encostou no corrimão:

— Um dia a gente faz uma no cais do porto…

— Mas você não vai engajar, negro? — riu o Vermelho.

— Ele não acredita que um dia eu embarque…

Da escada sentiam todo o movimento da casa. Toufik que gritava no sótão. A voz de seu Fernandes na venda. Os passos da italiana no segundo andar. A moça de azul que saía. O canto das lavadeiras que começavam a abandonar o trabalho.

A noite aumentava a escuridão da escada.

Isaac, o judeu, se juntou ao grupo. E explicou a Linda:

— Você não vê? Nós fizemos uma outra escada na casa.

— Como? — O Vermelho não entendia…

— Sim. A escada era a única coisa que ligava os inquilinos...
Hoje há outra, a solidariedade que nós despertamos...

Álvaro Lima comentou:

— Trabalho silencioso...

Linda sorriu. Ouviu os ruídos todos:

— É verdade. Outra escada...

O judeu concluiu:

— Hoje não são apenas homens e mulheres, inquilinos. É uma multidão...

Como era um dia de sessão grátis no Olímpia, a casa se movimentava e daí a pouco se jogaria pela escada. Ouviram a voz de Julieta no sótão:

— Anda depressa senão a gente perde a comédia...

Linda tornou a dizer:

— Outra escada... Tem razão...

MULTIDÃO

1

NÃO HAVIAM AINDA CESSADO OS FALATÓRIOS SOBRE A BRIGA do sótão quando estourou o caso da greve. Desta vez o prédio agiu em conjunto como se os inquilinos fossem unicamente peças de uma máquina.

Parece estranho que todo o 68 se visse envolvido nas consequências da greve quando apenas os operários da companhia de bondes estavam nela interessados.

A parede fora marcada para uma sexta-feira. Álvaro Lima e outros agitadores andavam satisfeitos com o trabalho. Não somente paralisariam o tráfego dos bondes como ficaria parado o serviço das oficinas da companhia, deixando a cidade sem luz. Os operários pleiteavam um aumento de salários. O plano desenvolvera-se vitorioso e a totalidade dos trabalhadores se comprometera a aderir.

Acreditavam que essas adesões se estendessem aos operários de estrada de ferro, aos condutores de ônibus, aos assalariados de várias fábricas.

Porém dois dias antes do marcado para o início do movimento começaram a circular boatos alarmantes. Corria que os grevistas tinham sido denunciados, notícia logo confirmada por algumas prisões. A greve fracassara.

2

A POLÍCIA DEU UMA BATIDA NO 68. O DELEGADO DISSE a seu Samara que desconfiava que funcionasse no prédio uma célula do partido comunista. Seu Samara subiu às nuvens. Aquilo era uma pilhéria de mau gosto...

O dos dentes de fora, o Vermelho, Isaac e vários outros que nada tinham a ver com o caso pararam na cadeia. O negro

Henrique só escapou porque na hora da batida amava lirica-
mente uma negrinha nos areais do cais do porto.

No quarto do judeu foram encontrados manifestos revolucionários e livros de Lênin. Seu Samara botava as mãos na cabeça,
considerando o prédio desmoralizado.

Álvaro Lima, que a polícia procurava ativamente, se escondeu
no quarto de Linda. Dona Risoleta, da sua cadeira de entrevada,
achava aquilo esquisito. Um rapaz no quarto de duas moças...

Mas não falou nada com medo de desgostar a afilhada. De
noite não dormia, desconfiada que existisse alguma coisa entre
Linda e o agitador. O resultado da observação chegou a surpreen-
dê-la. O rapaz dormia no chão de um sono só sem se preocupar
com a moça que sonhava na cama. Dona Risoleta rezava pa-
dre-nossos para que tudo acabasse bem.

3

OS PRESOS PROLETÁRIOS ERAM EM GRAN-
DE NÚMERO. Operários da companhia de bondes, inquilinos do
68 e do 77. Organizaram-se então comícios pró-libertação dos
grevistas. Os dois primeiros correram normalmente. Um jornal
que fazia oposição ao governo escreveu um tópico sobre a "indé-
bita prisão de operários pacíficos e ordeiros".

4

TALVEZ FOSSE O SABOR DA NOVIDADE
QUE FIZESSE O 68 se precipitar pela escada esmagando os ratos
que fugiam espantados.

Homens e mulheres se juntaram à multidão que enchia a ladeira do Pelourinho para protestar contra a prisão dos operários.

Braços que se levantavam. Os cotocos de Artur e os braços
negros de Henrique. A surda-muda, que andava de um lado para
outro, se divertia imensamente. A multidão se balançando como
açoitada pelo vento. A voz de Julieta:

— Ladrões! Ladrões!

A multidão apoiava em berros.

Trepado num caixão, o cabelo despenteado, Álvaro Lima falava:

— … nossos camaradas presos e espancados…

Jogaram manifestos. Moças nas janelas. Parecia até uma festa. O rosto magro do propagandista de produtos domésticos. Ouviram-se gritos em árabe. Outros em espanhol. Seu Fernandes fechara a venda. O cabelo bem alisado do violinista e a barba por fazer de Toufik. Todo o 68 ali estava. Descera as escadas como um só homem.

Os investigadores vinham do Terreiro, subiam da Baixa dos Sapateiros. A primeira bala se perdeu entre as pedras da rua. A multidão não fugiu. A segunda derrubou a surda-muda, que soltou um som horroroso de maldição. Álvaro Lima gritou:

— Proletários de todas as nações…

A bala pegou na testa, ele caiu em cima de Linda. A moça sentiu o sangue no rosto e no vestido. Mas não teve medo, nem se moveu.

Então a multidão avançou para os investigadores, de braços levantados.

5

COM O VENTO DA NOITE VEIO DA ESCADA UM CHEIRO de roupa suja, um cheiro de quarto de defunto desta vez sentido por homens e mulheres.

6

UM DIA, QUANDO JÁ CHEGARA O INVERNO, COM SUAS chuvas longas e seu vento frio, inverno de noites compridas (no cortiço um cachorro uivava dolorosamente, gatos em cio miavam no telhado do sótão), Linda se encontrou na escada com a moça de azul, que ainda trajava o mesmo vestido mas não trazia no rosto sinais de choro. Parou em frente de Linda e disse:

— Desculpe, mas eu estou tão contente... Calcule que vou me casar com meu patrão... A alta sociedade... Me desculpe, mas preciso dizer a alguém... Lhe desejo uma felicidade igual...

Linda olhou-a nos olhos com suavidade, apertou com o braço o embrulho de manifestos que levava embaixo do capote e desceu a escada onde os ratos indiferentes iam e vinham apostando carreira.

Ladeira do Pelourinho, Bahia, 1928
Rio de Janeiro, 1934

posfácio

O romance da multidão
e os fantasmas do Casarão 68

Luiz Gustavo Freitas Rossi

> *"Hoje, época do comunismo e do arranha-céu, da habitação coletiva, o romance tende para a supressão do herói, do personagem [...]. O drama de um único sujeito não interessa. Interessa o drama coletivo, o drama da massa, da classe, da multidão. Tudo tem importância decisiva. O mínimo detalhe, a personagem mais sumida."*
>
> Jorge Amado[1]

Falar sobre *Suor* significa tatear a obra de Jorge Amado por uma de suas faces mais vibrantes, expressivas e representativas, mas também ásperas, provocantes e controversas. Como o leitor já deve suspeitar, decerto ainda impressionado com o ambiente sombrio desse insólito cortiço — o protagonista máximo de *Suor* que é o Casarão 68 —, estou me referindo àquela face de sua obra talhada a partir dos vínculos entre literatura e política. Vínculos que, embora não seja caso único nem isolado na história da literatura brasileira, assumiram contornos particularmente notáveis na carreira do escri-

---

1. "Apontamentos sobre o moderno romance brasileiro", *Lanterna Verde*, nº 1, maio 1934.

tor baiano, em grande medida graças ao vigor e à durabilidade com que compatibilizou prática literária e atividades político-partidárias. Afinal, com a exceção do católico e ascético romance de "estreia", *O país do Carnaval*, de 1931, cada linha escrita por Jorge Amado até os meados da década de 1950 revelou, na forma e no conteúdo, as marcas profundas de um projeto literário que se materializou como condição e medida de uma militância comunista exemplar. Daí o aspecto um tanto pragmático dos trabalhos do período, concebidos como verdadeiras armas de guerra ideológica, instrumentos de intervenção na luta premente pela revolução proletária. Nesse sentido, não são de espantar os calafrios que parecem acometer muitas das sensibilidades estéticas contemporâneas, ao cravarem os olhos em páginas tão deslavadamente hostis a leituras formalistas e nas quais o literário figurou como extensão e função das contingências de ordem política.

Terceiro romance de Jorge Amado, publicado no mês em que completou 22 anos — agosto de 1934 —, *Suor*, como muito já foi dito, teria sua origem nas experiências do autor em Salvador, no final dos anos 1920, quando, ainda estudante ginasial, chegou a morar no sobrado de número 68 da ladeira do Pelourinho; vindo dessa época, portanto, a inspiração e o contato com o material humano e social utilizado para criar o seu nem tão habitável Casarão 68. Não fossem as diversas ocasiões nas quais Jorge Amado contou essa história, o próprio romance nos levaria a pensar nesses termos, ao trazer anotado na última página: "Ladeira do Pelourinho, Bahia, 1928"; dando a entender que, embora lançado no Rio de Janeiro seis anos depois, o plano de escrita de *Suor* já estava pronto havia mais tempo. No entanto, difícil seria imaginarmos se tratar do mesmo romance: o iniciado em Salvador e o editado em 1934. Afinal, as transformações sofridas por Jorge Amado nesse período de seis anos foram tantas e tão intensas que, não tenho dúvidas, ficaríamos desnorteados se tentássemos entender o romance pela bagagem intelectual do menino de 16 anos. Sobretudo porque, assim como *Cacau*, lançado um ano antes, *Suor* foi construído a partir de perspectivas políticas e literárias quase "frescas" ou "recém-adquiridas" (se assim posso dizer!) na trajetória do escritor: resultado direto das experiências mais recentes na então capital federal, onde tinha acabado de ingressar na Juventude Comunista.

Não parece aleatório que o próprio Jorge Amado, anos mais tarde, tenha insistido em chamar *Cacau* e *Suor* de "cadernos de aprendiz de romancista". Compreensivelmente, esses *cadernos* expressam por inteiro esses momentos tumultuados de formação intelectual e política, tornando evidentes as inseguranças e dúvidas do escritor quanto à operacionalização da avalanche de novas referências que passaram a chegar de autores russos, alemães e norte-americanos: Górki, Bábel, Fadeev, Kurt Klaber, Mike Gold, John dos Passos e outros. E talvez, por isso mesmo, por se tratar de *cadernos* que mais pareciam tubos de ensaios, ambos resultaram em textos, sob certos aspectos, incomuns para os padrões encontrados no conjunto da obra amadiana, como se pode notar no recurso da primeira pessoa em *Cacau* e na narrativa estilhaçada e não linear de *Suor*. Incomuns, porém significativos das questões mais amplas levadas a cabo na execução de seu "romance proletário" da década de 1930 e que impulsionariam, ainda, obras memoráveis como *Jubiabá* (1935), *Mar morto* (1936) e *Capitães da Areia* (1937).

Mas, já adianto, não chegaríamos a lugar algum buscando ler *Suor* a partir da equação mais simples: quanto mais política = menos literatura, ou mais preocupação ideológica = menos preocupação formal. Como se diz, seria jogar fora o bebê com a água do banho. Por definição engajado e "panfletário", o romance proletário *Suor* somente faz sentido como literatura se considerado como incorporação e criação de *formas* fundamentalmente articuladas ao rendimento máximo dos conteúdos e valores políticos implicados em sua execução. Afinal, além de canalizar os discursos e as palavras de ordem revolucionária, essa arte "social" e proletária precisava também ser capaz de conferir plasticidade e rendimento estético aos próprios modos de pensamento e ação vivenciados na militância. Em especial, àqueles pontos mais sensíveis do imaginário político comunista, nucleados em torno da luta de classes, da agitação e mobilização das massas proletárias e da ênfase da ação coletiva em detrimento da individual.

E isso *Suor* fez de maneira notável e original. Tudo em *Suor* condensa o empenho obstinado do autor em dar forma e substância literárias a sua obra "da massa, da classe, da multidão"; sem "heróis" ou "personagens" em primeiro plano, pois atenta aos milhões de explorados sem voz; *possuída* pelo espírito revolucionário do escritor que escolheu seu destino: servir a algo maior do que ele próprio. Enfim, o romance da "época do comunismo", como Jorge Amado queria. Para tanto, lançou mão de recursos e ângulos de observação que, de várias maneiras, tentam conduzir a atenção do leitor para que em sua retina não se fixe nenhuma outra imagem que não seja a do Casarão 68, "como um homem só".

A começar pela marcante fragmentação narrativa de *Suor*, através da qual atinamos com os *métodos* de exposição utilizados por Jorge Amado na composição de um romance avesso a realces de individualidades. Na ausência de personagens com maior relevo, o texto se desenvolve como a sequência alucinante de retratos dos inúmeros moradores do casarão: operários, lavadeiras, mendigos, prostitutas, malandros, agitadores, vagabundos e remediados. A rigor, não há apresentação dos personagens. Eles são apenas espreitados, apontados por seus traços mais grosseiros ou evidentes. Reparem que quase não sabemos o nome deles: o "dos dentes de fora", a "surda-muda", a "menina do vestido azul", a "preta do tabuleiro", a "prostituta polaca", a "mulher sergipana", o "de camisa de listras", a "morena", o "vermelho". Ou então, quando ocorre de merecerem o *privilégio* de um nome, apenas alguns poucos nos ficam na memória. A grande maioria nos passa batido, esquecida em meio ao aglomerado de figuras que brotam, desaparecem e reaparecem sem direito a explicação.

As pessoas surgem ao sabor do acaso, como imagens quase acidentais registradas pela lente do narrador, conforme ele *fotografa* o ambiente e os cômodos internos do sobrado. Fotos nas quais os sinais particulares dos personagens — sejam eles psicológicos, sexuais, raciais ou nacionais — são constantemente minimizados ou borrados em detrimento de um "único traço de ligação: a pobreza em que viviam" (p. 115). Fotos tomadas para que o foco recaia sempre sobre os planos de fundo, de forma que as pessoas e os objetos ao centro tendam à diluição e ao desaparecimento como parte da paisagem social. Aqui, fica evidente a inspiração de corte naturalista aproveitada por Jorge Amado, sendo difícil não identificar em sua carga genética o parentesco com *O Cortiço* (1890), de Aluísio Azevedo. Assim como o Cortiço de Azevedo, o Casarão 68 é a mesma "coisa viva [...] que parecia brotar espontânea [...] e multiplicar-se como larvas no esterco".[2] E a maneira como descrevem a "coisa viva" se aproxima bastante. O eixo das cenas, quase invariavelmente, é aquele que melhor evidencia os efeitos do ambiente sobre os personagens, a perfeita harmonia entre o homem e seu meio.

Para mostrar essa harmonia, Jorge Amado espicaça nossos sentidos. O próprio título, *Suor*, pegajoso e repulsivo, já antecipa o clima de intoxicação sensorial que emana ao longo do romance: o odor de fezes e urina nos corredores, a tosse encarniçada da tuberculosa, o "cheiro de defunto" dos quartos e, sobretudo, o calor; o mormaço persistente que "doía como socos de mãos ossudas. Invadia o sótão e as pessoas" (p. 13). Somam-se também os efeitos de fundo moral associados a esse universo social embrutecido, reduzido à animalidade e alheio a qualquer tipo de regra que não seja aquela dos instintos mais "sujos" e das satisfações mais imediatas: "Os homens ficavam quase sempre brutos quando faltava mulher. Pegavam negrinhas a muque e se satisfaziam" (p. 47). Homens

---

2. Aluísio Azevedo, *O Cortiço*. São Paulo, Ática, 1991, p. 21.

acostumados com três coisas: as "gonorreias crônicas", os "ratos da escada" e o "cheiro de suor que enchia o prédio" (p. 43). No entanto, é nas sugestões de ordem visual que Amado logra maior êxito. Em particular, o autor parece ter encontrado nas imagens do corpo rebaixado a expressão mais bem-acabada de um sistema econômico que, literalmente, alimenta-se das pessoas, exaure suas substâncias, arranca suas partes e expõe seus fluídos.

Seria preciso páginas inteiras para registrar as observações que recuperam o corpo como espaço privilegiado de inscrição das desigualdades e explorações da sociedade de classes: Arthur, a "máquina lhe levara os dois braços. Um de cada vez" (p. 38); Joaquim ficou cego por causa da pressa do patrão, "se atrapalhou, o tijolo bateu no meio da testa" (p. 61); as lavadoras de roupa "envelheciam depressa, sob o sol que as castigava" (p. 85); até a boneca de uma das filhas era "aleijada"; o mendigo Cabaça, cuja perna vai apodrecendo gradativamente, a ponto de "desprender um cheiro que afastava dele os caridosos" (p. 90); crianças com "barrigas grandes, cheias de vermes [...], dentes quebrados" (p. 60), cujos "ossos apareciam todos sob a pele amarelada" (p. 93); homens "amarelos de cara chupada. Mulheres magras, curvas como velhas" (p. 99).

A posição do corpo como eixo de angulação do arranjo interno do romance ganha dimensões mais significativas ainda quando temos em vista o lugar no qual o Casarão 68 se encontra: a ladeira do Pelourinho, um "espaço de concreta historicidade — o Pelourinho dos escravos do passado e dos *lumpens* [proletários] do presente".[3] Sob esse ângulo, *Suor* extrai o máximo de sentido para colocar as relações capitalistas num plano de continuidade com a experiência histórica da escravidão negra no Brasil. De modo que o casarão e seus quartos surgem como as modernas senzalas, onde, *como larvas*, se reproduz o exército de reserva que garante a sobrevivência do

---

3. Eduardo de Assis Duarte, *Jorge Amado: romance em tempo de utopia*, Rio de Janeiro/Natal: Record/ UFRN, 1996, p. 63.

sistema. Eis o cenário montado por Jorge Amado para realizar o grande espetáculo dos supliciados do capitalismo e seu teatro espantoso que arrebenta os novos escravos do capital: "escravos pretos, mulatos e brancos, nas extensões das fazendas de fumo, de cacau, de gado ou nos alambiques de cachaça" (p. 32). Como no teatro, Jorge Amado se vale do corpo dos seus *atores*, não apenas para organizar as marcações de um espaço apinhado de carne e consciências fragmentadas, obstáculo para a ação política organizada, mas também como a matéria-prima expressiva através da qual a violência das relações capitalistas pode ser (re)encenada, a exemplo das punições públicas impingidas aos escravos negros em tempos passados naquele mesmo lugar.

Existem objetivos bem definidos nesse estilo encarniçado de apreender o mundo social. Trazendo à tona o argumento sociológico de *Suor*, Jorge Amado pretende minar a realidade como um simples somatório de indivíduos. Muito pelo contrário, os personagens são tratados a partir dos elementos mínimos que os uniformizam como "classe" miserável, "humanidade proletária". Informado pela vocação política e doutrinária do romance, nosso autor quer incitar o Casarão 68 a um gesto de revolta. Ou melhor, revelar, a partir da consciência e da solidariedade de classe, o caminho necessário para o fim da servidão ao capital.

Na explosão da greve se liberam as energias capazes de transformar os corpos individualmente grotescos e incompletos em partes integradas de um único organismo superior e sublime: "unicamente peças de uma máquina" (p. 130). Igualmente, constitui o evento aglutinador dos múltiplos retratos do casarão, que até então vinham se desenvolvendo em planos distintos e dispersos na narrativa. Significativo, portanto, é o fato de o desfecho do romance se realizar numa exata oposição ao início: começa com o *suor* de alguns inquilinos subindo as escadas, que os "devorava um a um", e termina com uma multidão furiosa, no sentido inverso, com o "68 se precipit[ando] pela escada esmagando os ratos que fugiam espantados [...]. Todo o 68 ali estava. Descera as escadas como um só homem" (p. 131-2). Ou seja, abandonado o isolamento de seus quartos, onde viviam entorpecidos pela escatologia do sobrado, tomam as ruas, conseguindo se ver, pela primeira vez, como seres humanos completos. Ali, o personagem com apenas dois "cotocos" não lastima mais sua sorte, pois podia contar com os "braços que se levantavam" por todos os lados. Decerto, o agitador lidera essa massa humana. Ele representa a força civilizadora do partido, morrendo heroicamente com um balaço da polícia, sem conseguir terminar o grito redentor: "Proletários de todas as nações..." (p. 132).

Essa cena final, quando os inquilinos se rebelam contra a prisão dos grevistas, sintetiza o que *Suor* quis ser como literatura proletária. Ela é longa e acredito ser dispensável reproduzi-la integralmente, pois ainda deve estar fresca na memória do leitor. Rápida, sem pontos de repouso, com avanços e deslocamentos ágeis, oscilando entre a captação de um detalhe e a tomada recuada sobre o conjunto, a cena valoriza a perspectiva de quem olha uma multidão panoramicamente. Do alto, os corpos se embaralham, os rostos parecem todos iguais, as vozes se confundem e os contrastes só conseguem ser percebidos na relação dessa multidão com os elementos, as pessoas e as coisas que se encontram fora dela. O efeito final é uma avalanche humana na qual os indivíduos não passam de um borrão na visão de um escritor interessado em transformar sua literatura numa irreprimível estetização das representações, percepções, utopias e fantasias plasmadas pelo comunismo.

Passados mais de setenta anos desde o lançamento de sua primeira edição, é difícil não perceber como *Suor* sofreu com a ação do tempo. Muitos dos aspectos que aos olhos de seus contemporâneos conferiram força, destaque e personalidade ao romance — em grande medida, graças a essa relação estreita entre literatura e combate político —, agora, ironicamente, parecem empurrá-lo para a malfadada companhia dos livros "datados". Suas páginas ideologicamente inflamadas e rasgadas de chamadas à insurreição proletária, distantes do ambiente intelectual e político que as gestaram, adquiriram o aspecto amarelado das cartas antigas, cujas mensagens já não encontram seu destinatário no contexto histórico atual. Decerto, o verniz ideológico desbotou. Perdeu o lustro original. No entanto, esses setenta anos não conseguiram livrar o Brasil dos fantasmas do Casarão 68. Eles permanecem. Mais vivos do que nunca. Assombram como pesadelos sociais que não são "datados". E isso, sim, seria irônico, se não fosse trágico. Como representação da sociedade brasileira, *Suor* não *desbotou*.

Luiz Gustavo Freitas Rossi é antropólogo e autor de As cores da revolução: a literatura de Jorge Amado nos anos 30, São Paulo: Annablume/Fapesp, 2009.

cronologia

A ação de *Suor* (1934) provavelmente se desenrola na mesma época em que o romance foi escrito, a década de 1930. Antes de imigrar da Polônia para o Brasil, o personagem Isaac presenciara a Revolução Russa (1917) e a Primeira Guerra Mundial (1914-18), e o narrador refere-se à antiga moeda real, que circulou no Brasil até 1942.

1912-1919

Jorge Amado nasce em 10 de agosto de 1912, em Itabuna, Bahia. Em 1914, seus pais transferem-se para Ilhéus, onde ele estuda as primeiras letras. Entre 1914 e 1918, trava-se na Europa a Primeira Guerra Mundial. Em 1917, eclode na Rússia a revolução que levaria os comunistas, liderados por Lênin, ao poder.

1920-1925

A Semana de Arte Moderna, em 1922, reúne em São Paulo artistas como Heitor Villa-Lobos, Tarsila do Amaral, Mário e Oswald de Andrade. No mesmo ano, Benito Mussolini é chamado a formar governo na Itália. Na Bahia, em 1923, Jorge Amado escreve uma redação escolar intitulada "O mar"; impressionado, seu professor, o padre Luiz Gonzaga Cabral, passa a lhe emprestar livros de autores portugueses e também de Jonathan Swift, Charles Dickens e Walter Scott. Em 1925, Jorge Amado foge do colégio interno Antônio Vieira, em Salvador, e percorre o sertão baiano rumo à casa do avô paterno, em Sergipe, onde passa "dois meses de maravilhosa vagabundagem".

1926-1930

Em 1926, o Congresso Regionalista, encabeçado por Gilberto Freyre, condena o modernismo paulista por "imitar inovações estrangeiras". Em 1927, ainda aluno do Ginásio Ipiranga, em Salvador, Jorge Amado começa a trabalhar como repórter policial para o *Diário da Bahia* e *O Imparcial* e publica em *A Luva*, revista de Salvador, o texto "Poema ou prosa". Em 1928, José Américo de Almeida lança *A bagaceira*, marco da ficção regionalista do Nordeste, um livro no qual, segundo Jorge Amado, se "falava da realidade rural como ninguém fizera antes". Jorge Amado integra a Academia dos Rebeldes, grupo a favor de "uma arte moderna sem ser modernista". A quebra da bolsa de valores de Nova York, em 1929, catalisa o declínio do ciclo do café no Brasil. Ainda em 1929, Jorge Amado, sob o pseudônimo Y. Karl, publica em *O Jornal* a novela *Lenita*, escrita em parceria com Edson Carneiro e Dias da Costa. O Brasil vê chegar ao fim a política do café com leite, que alternava na presidência da República políticos de São Paulo e Minas Gerais: a Revolução de 1930 destitui Washington Luís e nomeia Getúlio Vargas presidente.

1931-1935

Em 1932, desata-se em São Paulo a Revolução Constitucionalista. Em 1933, Adolf Hitler assume o poder na Alemanha, e Franklin Delano Roosevelt torna-se presidente dos Estados Unidos da América, cargo para o qual seria reeleito em 1936, 1940 e 1944. Ainda em 1933, Jorge Amado se casa com Matilde Garcia Rosa. Em 1934, Getúlio Vargas é eleito por voto indireto presidente da República. De 1931 a 1935, Jorge Amado frequenta a Faculdade Nacional de Direito, no Rio de Janeiro; formado, nunca exercerá a advocacia. Amado identifica-se com o Movimento de 30, do qual faziam parte José Américo de Almeida, Rachel de Queiroz e Graciliano Ramos, entre outros escritores preocupados com questões sociais e com a valorização de particularidades regionais. Em 1933, Gilberto Freyre publica *Casa-grande & senzala*, que marca profundamente a visão de mundo de Jorge Amado. O romancista baiano publica seus primeiros livros: *O país do Carnaval* (1931), *Cacau* (1933) e *Suor* (1934). Em 1935 nasce sua filha Eulália Dalila.

1936-1940

Em 1936, militares rebelam-se contra o governo republicano espanhol e dão início, sob o comando de Francisco Franco, a uma guerra civil que se alongará até 1939. Jorge Amado enfrenta problemas por sua filiação ao Partido Comunista Brasileiro. São dessa época seus livros *Jubiabá* (1935), *Mar morto* (1936) e *Capitães da Areia* (1937). É preso em 1936, acusado de ter participado, um ano antes, da Intentona Comunista, e novamente em 1937, após a instalação do Estado Novo. Em Salvador, seus livros são queimados em praça pública. Em setembro de 1939, as tropas alemãs invadem a Polônia e tem início a Segunda Guerra Mundial. Em 1940, Paris é ocupada pelo exército alemão. No mesmo ano, Winston Churchill torna-se primeiro-ministro da Grã-Bretanha.

1941-1945

Em 1941, em pleno Estado Novo, Jorge Amado viaja à Argentina e ao Uruguai, onde pesquisa a vida de Luís Carlos Prestes, para escrever a biografia publicada em Buenos Aires, em 1942, sob o título *A vida de Luís Carlos Prestes*, rebatizada mais tarde *O cavaleiro da esperança*. De volta ao Brasil, é preso pela terceira vez e enviado a Salvador, sob vigilância. Em junho de 1941, os alemães invadem a União Soviética. Em dezembro, os japoneses bombardeiam a base norte-americana de Pearl Harbor, e os Estados Unidos declaram guerra aos países do Eixo. Em 1942, o Brasil entra na Segunda Guerra Mundial, ao lado dos aliados. Jorge Amado colabora na *Folha da Manhã*, de São Paulo, torna-se chefe de redação do diário *Hoje*, do PCB, e secretário do Instituto Cultural Brasil-União Soviética. No final desse mesmo ano, volta a colaborar em *O Imparcial*, assinando a coluna

"Hora da Guerra", e em 1943 publica, após seis anos de proibição de suas obras, *Terras do sem-fim*. Em 1944, Jorge Amado lança *São Jorge dos Ilhéus*. Separa-se de Matilde Garcia Rosa. Chegam ao fim, em 1945, a Segunda Guerra Mundial e o Estado Novo, com a deposição de Getúlio Vargas. Nesse mesmo ano, Jorge Amado casa-se com a paulistana Zélia Gattai, é eleito deputado federal pelo PCB e publica o guia *Bahia de Todos-os-Santos*. *Terras do sem-fim* é publicado pela editora de Alfred A. Knopf, em Nova York, selando o início de uma amizade com a família Knopf que projetaria sua obra no mundo todo.

1946-1950

Em 1946, Jorge Amado publica *Seara vermelha*. Como deputado, propõe leis que asseguram a liberdade de culto religioso e fortalecem os direitos autorais. Em 1947, seu mandato de deputado é cassado, pouco depois de o PCB ser posto na ilegalidade. No mesmo ano, nasce no Rio de Janeiro João Jorge, o primeiro filho com Zélia Gattai. Em 1948, devido à perseguição política, Jorge Amado exila-se, sozinho, voluntariamente em Paris. Sua casa no Rio de Janeiro é invadida pela polícia, que apreende livros, fotos e documentos. Zélia e João Jorge partem para a Europa, a fim de se juntar ao escritor. Em 1950, morre no Rio de Janeiro a filha mais velha de Jorge Amado, Eulália Dalila. No mesmo ano, Amado e sua família são expulsos da França por causa de sua militância política e passam a residir no castelo da União dos Escritores, na Tchecoslováquia. Viajam pela União Soviética e pela Europa Central, estreitando laços com os regimes socialistas.

1951-1955

Em 1951, Getúlio Vargas volta à presidência, desta vez por eleições diretas. No mesmo ano, Jorge Amado recebe o prêmio Stálin, em Moscou. Nasce sua filha Paloma, em Praga. Em 1952, Jorge Amado volta ao Brasil, fixando-se no Rio de Janeiro. O escritor e seus livros são proibidos de entrar nos Estados Unidos durante o período do macarthismo. Em 1954, Getúlio Vargas se suicida. No mesmo ano, Jorge Amado é eleito presidente da Associação Brasileira de Escritores e publica *Os subterrâneos da liberdade*. Afasta-se da militância comunista.

1956-1960

Em 1956, Juscelino Kubitschek assume a presidência da República. Em fevereiro, Nikita Khruchióv denuncia Stálin no 20º Congresso do Partido Comunista da União Soviética. Jorge Amado se desliga do PCB. Em 1957, a União Soviética lança ao espaço o primeiro satélite artificial, o *Sputnik*. Surge, na música popular, a Bossa Nova, com João Gilberto, Nara Leão, Antonio Carlos Jobim e Vinicius de Moraes. A publicação de *Gabriela, cravo e canela*, em 1958, rende vários prêmios ao escritor. O romance inaugura uma nova fase na obra de Jorge Amado, pautada pela discussão da mestiçagem e do sincretismo. Em 1959, começa a Guerra do Vietnã. Jorge Amado recebe o título de obá Arolu no Axé Opô Afonjá. Embora fosse um "materialista convicto", admirava o candomblé, que considerava uma religião "alegre e sem pecado". Em 1960, inaugura-se a nova capital federal, Brasília.

1961-1965

Em 1961, Jânio Quadros assume a presidência do Brasil, mas renuncia em agosto, sendo sucedido por João Goulart. Yuri Gagarin realiza na nave espacial *Vostok* o primeiro voo orbital tripulado em torno da Terra. Jorge Amado vende os direitos de filmagem de *Gabriela, cravo e canela* para a Metro-Goldwyn-Mayer, o que lhe permite construir a casa do Rio Vermelho, em Salvador, onde residirá com a família de 1963 até sua morte. Ainda em 1961, é eleito para a cadeira 23 da Academia Brasileira de Letras. No mesmo ano, publica *Os velhos marinheiros*, composto da novela *A morte e a morte de Quincas Berro Dágua* e do romance *O capitão-de-longo-curso*. Em 1963, o presidente dos Estados Unidos, John Kennedy, é assassinado. O Cinema Novo retrata a realidade nordestina em filmes como *Vidas secas* (1963), de Nelson Pereira dos Santos, e *Deus e o diabo na terra do sol* (1964), de Glauber Rocha. Em 1964, João Goulart é destituído por um golpe e Humberto

Castelo Branco assume a presidência da República, dando início a uma ditadura militar que irá durar duas décadas. No mesmo ano, Jorge Amado publica *Os pastores da noite*.

1966-1970

Em 1968, o Ato Institucional nº 5 restringe as liberdades civis e a vida política. Em Paris, estudantes e jovens operários levantam-se nas ruas sob o lema "É proibido proibir!". Na Bahia, floresce, na música popular, o tropicalismo, encabeçado por Caetano Veloso, Gilberto Gil, Torquato Neto e Tom Zé. Em 1966, Jorge Amado publica *Dona Flor e seus dois maridos* e, em 1969, *Tenda dos Milagres*. Nesse último ano, o astronauta norte-americano Neil Armstrong torna-se o primeiro homem a pisar na Lua.

1971-1975

Em 1971, Jorge Amado é convidado a acompanhar um curso sobre sua obra na Universidade da Pensilvânia, nos Estados Unidos. Em 1972, publica *Tereza Batista cansada de guerra* e é homenageado pela Escola de Samba Lins Imperial, de São Paulo, que desfila com o tema "Bahia de Jorge Amado". Em 1973, a rápida subida do preço do petróleo abala a economia mundial. Em 1975, *Gabriela, cravo e canela* inspira novela da TV Globo, com Sônia Braga no papel principal, e estreia o filme *Os pastores da noite*, dirigido por Marcel Camus.

1976-1980

Em 1977, Jorge Amado recebe o título de sócio benemérito do Afoxé Filhos de Gandhy, em Salvador. Nesse mesmo ano, estreia o filme de Nelson Pereira dos Santos inspirado em *Tenda dos Milagres*. Em 1978, o presidente Ernesto Geisel anula o AI-5 e reinstaura o *habeas corpus*. Em 1979, o presidente João Baptista Figueiredo anistia os presos e exilados políticos e restabelece o pluripartidarismo. Ainda em 1979, estreia o longa-metragem *Dona Flor e seus dois maridos*, dirigido por Bruno Barreto. São dessa época os livros *Tieta do Agreste* (1977), *Farda, fardão, camisola de dormir* (1979) e *O gato malhado e a andorinha Sinhá* (1976), escrito em 1948, em Paris, como um presente para o filho.

1981-1985

A partir de 1983, Jorge Amado e Zélia Gattai passam a morar uma parte do ano em Paris e outra no Brasil — o outono parisiense é a estação do ano preferida por Jorge Amado, e, na Bahia, ele não consegue mais encontrar a tranquilidade de que necessita para escrever. Cresce no Brasil o movimento das Diretas Já. Em 1984, Jorge Amado publica *Tocaia Grande*. Em 1985, Tancredo Neves é eleito presidente do Brasil, por votação indireta, mas morre antes de tomar posse. Assume a presidência José Sarney.

1986-1990

Em 1987, é inaugurada em Salvador a Fun-dação Casa de Jorge Amado, marcando o início de uma grande reforma do Pelourinho. Em 1988, a Escola de Samba Vai-Vai é campeã do Carnaval, em São Paulo, com o enredo "Amado Jorge: A história de uma raça brasileira". No mesmo ano, é promulgada nova Constituição brasileira. Jorge Amado publica *O sumiço da santa*. Em 1989, cai o Muro de Berlim.

1991-1995

Em 1992, Fernando Collor de Mello, o primeiro presidente eleito por voto direto depois de 1964, renuncia ao cargo durante um processo de *impeachment*. Itamar Franco assume a presidência. No mesmo ano, dissolve-se a União Soviética. Jorge Amado preside o 14º Festival Cultural de Asylah, no Marrocos, intitulado "Mestiçagem, o exemplo do Brasil", e participa do Fórum Mundial das Artes, em Veneza. Em 1992, lança dois livros: *Navegação de cabotagem* e *A descoberta da América pelos turcos*. Em 1994, depois de vencer as Copas de 1958, 1962 e 1970, o Brasil é tetracampeão de futebol. Em 1995, Fernando Henrique Cardoso assume a presidência da República, para a qual seria reeleito em 1998. No mesmo ano, Jorge Amado recebe o prêmio Camões.

1996-2000

Em 1996, alguns anos depois de um enfarte e da perda da visão central, Jorge Amado sofre um edema pulmonar em Paris. Em 1998, é o convidado de honra do 18º

Salão do Livro de Paris, cujo tema é o Brasil, e recebe o título de doutor *honoris causa* da Sorbonne Nouvelle e da Universidade Moderna de Lisboa. Em Salvador, termina a fase principal de restauração do Pelourinho, cujas praças e largos recebem nomes de personagens de Jorge Amado.

2001
Após sucessivas internações, Jorge Amado morre em 6 de agosto.

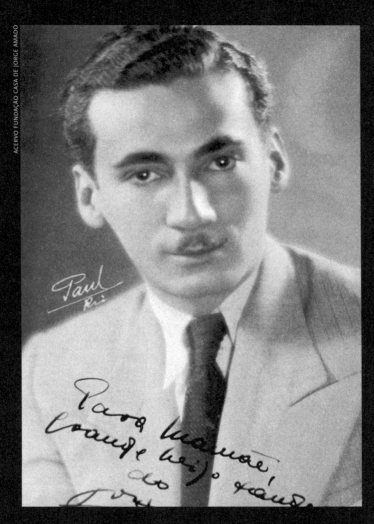

Jorge Amado com 21 anos, em 1933, pouco antes da publicação do livro

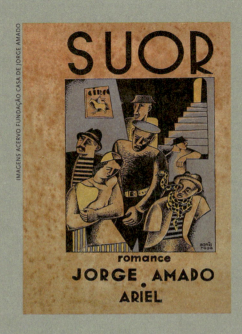

Capas do artista Santa Rosa para a primeira e a segunda edições, 1934 e 1936

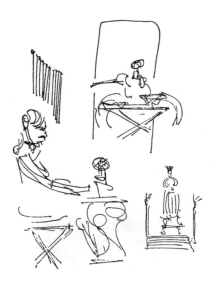

Cenas e personagens do Casarão 68, nos traços de Mário Cravo Jr. (1960)

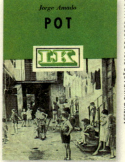

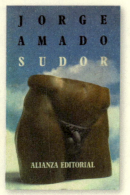

Capas das edições estrangeiras de *Suor*, publicadas em países como Itália, Argentina, França, República Tcheca, Portugal e Espanha

ACERVO FUNDAÇÃO CASA DE JORGE AMADO

Arvore de Natal da Literatura Brasileira

(1) Alvaro Moreyra, (2) Mario de Andrade, (3) João Lyra Filho, (4) Agrippino Grieco, (5) Menotti del Picchia, (6) José Lins do Rego, (7) Jorge Amado, (8) Manuel Bandeira, (9) Olegario Marianno, (10) Ribeiro Couto, (11) Augusto Frederico Schimidt, (12) Guilherme de Almeida, (13) Gilberto Amado, (14) Teixeira Soares, (15) Renato Almeida, (16) Humberto de Campos, (17) Monteiro Lobato, (18) Fernando Magalhães, (19) Ronald de Carvalho, (20) Coelho Netto, (21) Gregorio da Fonseca e (22) Pereira Da Silva.

Casarões e igrejas do Pelourinho retratados por Zélia Gattai na década de 60

Pierre Verger fotografou um cortejo fúnebre na ladeira do Tabuão, 1959

A baiana do acarajé na porta de um casarão do Pelourinho. Fotografia de Pierre Verger, 1959

Jorge Amado no Pelourinho, 1985